悦读时光

古典文学卷（上册）

总 策 划：杨晓华　张益飞

编委会主任：张跃东　钦惠平　竺兴妹　王化旭

主　　编：王化旭

编　　委：王化旭　周银凤　杨丽璇　乔　清
　　　　　徐　星　唐金霞　张洪静　吉　丽
　　　　　赵　洪　居　鲲　王有月　王文娟

江苏凤凰教育出版社

图书在版编目（CIP）数据

悦读时光：古典文学卷. 上册 / 王化旭主编. —
南京：江苏凤凰教育出版社，2021.9
ISBN 978-7-5499-9547-9

Ⅰ. ①悦… Ⅱ. ①王… Ⅲ. ①中国文学－古典文学－
文学欣赏－职业教育－教材 Ⅳ. ①I206.2

中国版本图书馆 CIP 数据核字（2021）第 170612 号

书　　名	悦读时光·古典文学卷（上册）
主　　编	王化旭
责任编辑	李　睿
出版发行	江苏凤凰教育出版社
地　　址	南京市湖南路 1 号 A 楼，邮编：210009
出　　品	江苏凤凰职业教育图书有限公司
网　　址	http://www.fhmooc.com
照　　排	江苏凤凰制版有限公司
印　　刷	徐州绪权印刷有限公司
厂　　址	徐州市高新技术产业开发区第三工业园区经纬路 16 号，邮编：221000
电　　话	0516-83897699
开　　本	787 毫米 × 1 092 毫米　1/16
印　　张	12.5
版次印次	2021 年 9 月第 1 版　2021 年 9 月第 1 次印刷
标准书号	ISBN 978-7-5499-9547-9
定　　价	32.00 元
批发电话	025-83658831
盗版举报	025-83658873

图书若有印装错误可向江苏凤凰职业教育图书有限公司调换
提供盗版线索者给予重奖

序　言

　　祖辈所创造的文明,以及长久岁月里累积起来有形、无形的文化遗产,灿烂辉煌。这是我们弥足珍贵的财富。然而,很长一段时间以来,我们并没有像表面所说的那样去重视。所以,我们屡屡听到或看到公众表达时,那些索然无趣而又千篇一律的词汇,甚至一些低级的、雷人的"口误"或"笔误"。我们祖先明明留下了一笔宝藏,现在怎么成了这样? 因此,当下,传承的意义也许并不亚于创新。

　　记得有一次,去皖南的一个古村落,在一间房子里,看到有扇窗户坏了,坏了的地方被人用三合板胡乱钉上,那种随意和不假思索让人觉得像是在开玩笑。于是,那块地方像是块补丁,与旁边原有的那些繁复而精美的木雕形成了巨大的反差。它像是在无声地提醒每一个经过游客:对不起,他们不会修,只能这么钉上了事。

　　这就是我们面临的一个现实:传统工艺、传统文化正在以惊人的速度消失,以至于,即便面对一个坏了的雕窗,都已经失去了修复的能力或耐心。

　　对于一个民族来说,这,不能不说是一件让人遗憾的事情。

　　值得庆幸的是,近年来,党和政府越来越重视传统文化的传承问题。一些濒临灭绝的手艺和传统文化,经过抢救性的挖掘,重新焕发了生机。

　　我们的文化遗产里,有个重要的组成部分,就是诗词歌赋。它们仿佛是一颗颗珍珠,在旧时光里熠熠生辉。寻常的字词,在匠心独运之后,彰显着词章之美;平常的小事,在深思熟虑之后,闪现出动人的理趣。这就是文学的魅力、艺术的魅力。

　　最近网上有句名言:"这个世界不只有眼前的苟且,还有诗与远方。"虽有人笑言为心灵鸡汤,但它确实也揭示了一个道理——我们不仅要能生存,还要会生活,

"生活"里就应该有艺术、有阅读、有对美的追求。

所以,我们编了这本小书,以奉献给热爱生活,心怀"诗与远方"的朋友。

这本小书的诞生还有一个现实的原因:编写者多为从事五年制高职语文教育的老师,在实际教学中,大多深感在五年制高职教育阶段,学生掌握的古典诗词量偏少——每学期大约4—6篇。对于正处在记忆黄金期的青年学生来说,不去记背更多的优秀诗篇,实在有点可惜。因此,我们决定编写这么一本小书,作为年轻学子的传统文化"加餐"。

这本书的选篇,基本遵守这么几个原则:一是不和现行的中小学语文教材重复;二是尽量不和已经出版的类似选集重复;三是不能因为怕重复,就刻意回避经典的篇目,只是,在翻译和解读的时候,力求新意。

在编写体例上,每一篇诗文包括:原作、诗词解意、了解字词、认识篇目(作者)、品品滋味、相关链接、名句推荐。设置这些模块的目的是:在基本层面,帮助读者扫除阅读的障碍;在拓展层面,尽量提供新鲜的解读或观点,以启发读者们的思考,提高其审美。

在本书的编辑过程中,还得到了南京师范大学泰州学院居鲲副教授和南京市教研室相关同志的指导和帮助。在此一并表示感谢。

因时间和水平有限,这本小书可能还有不少疏漏和不足之处,祈请读者谅解并给予指正。

王化旭

2021年8月

目　录

1

记游篇

情志篇

1. 木瓜

《诗经·卫风》

投①我以木瓜②，报之以琼琚③。匪④报也，永以为好也。

投我以木桃，报之以琼瑶。匪报也，永以为好也。

投我以木李，报之以琼玖。匪报也，永以为好也。

诗词解意

你将木瓜投赠我，我拿美玉作回报。不是为了答谢你，从此情谊永相好。

你将木桃投赠我，我拿美玉作回报。不是为了答谢你，从此情谊永相好。

你将木李投赠我，我拿美玉作回报。不是为了答谢你，从此情谊永相好。

了解字词

① 投：抛掷，此作赠送、给予。② 木瓜：水果，椭圆形，有香气，多蒸煮或蜜渍后食用。③ 琼琚(jū)：美玉。下"琼瑶""琼玖"意同。④ 匪：通"非"。

认识篇目

选自《诗经·卫风》。《诗经》，初名《诗》，至汉朝，尊为经，方有《诗经》之名，并沿用至今。《诗经》成书于春秋时期，来源多为北方民歌，跨度为公元前11世纪至公元前6世纪中叶，计305首，故称"诗三百"，是我国第一部诗歌总集。

《诗经》从内容上可分为风、雅、颂，其中雅有大雅、小雅之分。风，本是音乐范畴的名词，相当于现在所说的"曲式""声调"，此类以地分，计15国的国风，本诗即选自卫风；雅，现为形容词，当时是名词，意即正声雅乐。大雅多为贵族所作，小雅多为个人抒怀；颂，是宫廷用于祭祀的歌词，包括周颂、鲁颂和商颂，共40篇。

3

《诗经》的表现手法主要有赋、比、兴。赋，铺陈叙述的意思，如"葛之覃兮，施于中谷，维叶萋萋"（《葛覃》）；比，即比喻，如"手如柔荑，肤如凝脂"（《硕人》）；兴，即起兴，以类同之事引入正事，往往起到铺垫、渲染，或创设情境的作用，如"于嗟鸠兮，无食桑葚。于嗟女兮，无与士耽"（《氓》）。

《诗经》开启了中国文学"哀而不伤，乐而不淫"的审美意趣，以及抒情、记叙、议论等文学的基本表达方式。

品品滋味

人们常说投桃报李，这是交往，是人情世故。但《木瓜》一篇，"报"的不是人情，而是借授人木桃之际，种下一颗友谊的种子，并愿永相交好。木瓜、木李与美玉并不等值，所代表的情义却是同等的深厚。这就超越了礼尚往来的世俗，展现出人性的美好与善意，也体现出遥远先民时期人民的质朴与敦厚。

相关链接

《召南·何彼秾矣》，讽奢靡之风；《邶风·击鼓》，歌忠贞不渝。

名句推荐

投我以木桃，报之以琼瑶。

阅读与欣赏

2. 振鹭

《诗经·周颂》

振①鹭于飞，于彼西雝②。
我客戾③止④，亦有斯容。

在彼无恶⑤,在此无斁⑥。
庶几⑦夙夜,以永⑧终誉。

诗词解意

一群白鹭振翅而起,在那西边湖畔自由地翱翔。
我有嘉宾前来助祭,身着洁白的衣裳好生俊朗。
他在宋地无人讨厌,在这周地也到处受人赞美。
日日夜夜恭谨勤勉,美好的声誉定会永远传扬。

了解字词

① 振:群飞之状。② 雝(yǒng):水泽。③ 戾(lì):到。④ 止:语助词。⑤ 恶(wù):讨厌。⑥ 斁(yì):厌弃。⑦ 庶几:差不多,此处表希望。⑧ 永:长久。

认识篇目

"周颂"属于诗经中"颂"篇。颂,颂扬的意思,古时也通"容",仪容、礼节。《诗经》中的这部分作品多为祭祀时颂神或颂祖先的乐歌,因其所用的场合肃穆、庄重,所以,从音乐角度看,其诵、唱的节奏比较缓慢。

"周颂"是周朝的颂歌。此篇当为赞颂前来助祭之人的乐歌。

品品滋味

诗歌以白鹭起兴,并用白鹭比喻那仪表洁雅、品格端方的谦谦君子,颂扬他仪表端庄、品行高洁。

白鹭,一身羽毛洁白如雪,展翅高飞时,矫健、稳重;栖息踱步时,优雅、悠然,仪态万方。作者以此比喻那品貌端庄的君子:他有洁净优美的仪容、儒雅沉着的风度、端正稳健的人品、谦恭勤勉的美德。在他足迹遍及之处,处处受人夸奖,就如同那水边的白鹭,让人观之悦目,亲之可敬,令人喜爱。

为了渲染君子正面的形象,诗歌将芳草、大湖、白鹭等美好的事物铺排在一起,构成了一幅素雅、美好的画卷。而对君子仪容端庄、衣冠净洁、举止得体、品行高尚

的赞美与认可,也反映了汉民族对美的基本认识。

相关链接

《召南·甘棠》,颂清廉之德;《国风·郑风·叔于田》,赞仁德之美。

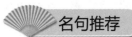名句推荐

庶几夙夜,以永终誉。

悦读时光

阅读与欣赏

3. 杂诗(其一)

(东晋)陶渊明

人生无根蒂①,飘如陌②上尘。
分散逐风转,此已非常身③。
落地④为兄弟,何必骨肉亲!
得欢当作乐,斗⑤酒聚比邻⑥。
盛年⑦不重来,一日难再晨。
及时⑧当勉励,岁月不待人。

诗词解意

人生在世,原本就无根无蒂;到处漂泊流浪,犹如路上的灰尘。
生命如飞灰飘散,历经艰难,阅尽沧桑,再也不复曾经的模样。
既然降生到这个世上,大家就都应视同兄弟,又何必在乎一定是骨肉同胞呢!
遇到高兴的事就应当尽情欢乐,有酒就要邀请近邻尽兴同饮。

古典文学卷(上册)

6

风华正茂的岁月不会重来,如一天里头不会有两个早晨。

应当趁年富力强之时勉励自己及时努力,因为岁月易老,它是不会停下来等待人的。

 **了解字词**

① 蒂(dì):瓜当、果鼻、花与枝茎相连处都叫蒂。② 陌上:东西的路,这里泛指路。③ 非常身:不是经久不变的身,即不再是盛年之身。④ 落地:刚生下来。⑤ 斗:酒器。⑥ 比邻:近邻。⑦ 盛年:壮年。⑧ 及时:趁盛年之时。

认识作者

陶渊明(352或365—427),又名潜,字元亮,因宅边曾有五棵柳树,又自号"五柳先生",浔阳柴桑(今江西省九江市)人。他青年时代曾怀抱"大济天下"的理想,但未得重用,只做过几任小官。东晋末年社会动乱,政治腐败,陶渊明不愿随世浮沉,曾四次离职。最后,从彭泽令职位上辞退,回归田园,过着读书、饮酒、躬耕自食的生活。死后亲友私谥"靖节先生"。

陶渊明是伟大的诗人、辞赋家。他的诗情感真实,诗味醇厚,风格平淡,语言清新自然,开田园诗一体,为古典诗歌开辟了新的境界,有"田园诗人""隐逸诗人"之称。辞赋散文也具有独特的风格和极高的造诣。有《陶渊明集》。

品品滋味

人生飘忽不定,如无根之木、无蒂之花,如飘萍断枝,如陌上之尘。比喻贴切,又化用《古诗十九首》"人生寄一世,奄忽如飘尘"。"无根蒂"暗扣"飘"。"飘",道尽人生无常,世事变幻。一眨眼,苍颜白发,一转身,沧海桑田。由生命短暂无常顺势转入下一层意思——且行且珍惜。珍惜人世间所有的缘分:亲情、友情、乡邻之情。独乐不如众乐,美酒同饮,欢乐共享。最后揭示诗歌的主旨:勉励自己发奋,有梦想就要去追,努力增加生命的厚度和质量。

这首诗是陶渊明晚年的作品,是经过了丰富的积淀后,对生存意义和生命本质最深刻的省察与体悟。全诗诗情跌宕,语言朴实无华,述理取譬自然,催人奋进。

相关链接

《读山海经》（其十），《归去来兮辞·并序》

名句推荐

落地为兄弟，何必骨肉亲；及时当勉励，岁月不待人。

阅读与欣赏

4.感遇十二首（其一）

（唐）张九龄

兰叶春葳蕤①，桂华②秋皎洁。
欣欣此生意③，自尔④为佳节。
谁知林栖者⑤，闻风⑥坐⑦相悦。
草木有本心⑧，何求美人⑨折？

诗词解意

蕙兰在春天枝叶纷披，桂花到秋季皎洁清新。
兰桂都在当令之时勃发生机，自然顺应美好季节。
谁料那山中高士，闻到兰桂的芬芳也不胜欣美。
不过，花木流芳原出于天性，岂是为求美人折取欣赏？

了解字词

① 葳蕤（wēi ruí）：枝叶茂盛而纷披的样子。② 桂华：桂花，"华"同"花"。③ 生意：生机勃勃。④ 自尔：自然地。⑤ 林栖者：山中隐士。⑥ 闻风：闻到芳香。⑦ 坐：因而。⑧ 本心：天性。⑨ 美人：指"林栖者"，山林高士、隐士。

认识作者

张九龄（678—740），一名博物，字子寿。唐朝韶州曲江（今广东省韶关市）人，世称"张曲江"；谥号文献，又称"文献公"。唐玄宗时，官至同中书门下平章事、中书令。张九龄执政耿直公允，敢于谏诤，举贤任能，不徇私情，为"开元之治"作出了积极贡献，时称"贤相"。

张九龄的诗，既有"骨峻神竦，思深力遒"的刚健风格，又兼具雅正冲淡的盛唐气度。晚年遭贬后所作《感遇》诗十二首，风格转向含蓄蕴藉，寄托遥深，对初唐以来形式主义诗风转变起了积极的推动作用。有《张曲江集》。

品品滋味

诗人从大自然中的"植物君子"——兰与桂入笔，写其芬芳高洁。以"葳蕤""皎洁"简要点出兰桂清雅的特点。春兰秋桂欣欣向荣的生命活力为四季平添了一份光华，丰富了春花秋月的意蕴。各自在当令的季节，各擅其美。

"谁知"两字，诗意突然转折，兰桂之美引得上中高士心悦不已，这对兰桂是个意外，又为下文蓄意。高士"相悦"，愈见兰桂芬芳。"何求"再转一层，斩截有力。而兰叶葳蕤，桂华皎洁，是它们本性如此，并不是为求人闻折。这是升华，也是全诗的主旨。

感遇者，感于遭际，触动内心而生发感慨。张九龄遭谗被贬，就像这兰桂一样，荣而不媚，清而不寒，立身守正，回归本真。贤士君子立德修身，是尽其本分，不是为了博取名利。"不吾知其亦已兮，苟余情其信芳"，诗人虽身处逆境，而从容淡静宛然可见。这才是真正的高士。

这首诗托物言志，用比兴手法，借兰桂寄托高雅的生活志趣。起承转合，结构严谨。诗意平正温雅，不怨不悱，不激不昂。

相关链接

《归燕诗》《感遇》（其六）

名句推荐

草木有本心，何求美人折。

阅读与欣赏

5. 上李邕①

（唐）李白

大鹏一日同风起，扶摇②直上九万里。
假令③风歇时下来，犹能簸却④沧溟⑤水。
世人见我恒⑥殊调⑦，闻余大言⑧皆冷笑。
宣父⑨犹能畏后生，丈夫⑩未可轻年少。

诗词解意

大鹏有一天会和风飞起，凭借风力直上九天云外。
如果风停了，大鹏飞下来，还能掀起江海千层浪。
世人见我常常格调与众各异，听到我卓荦不凡的话语都冷笑不已。
孔子还说过"后生可畏"，大丈夫可不能轻视少年人。

了解字词

① 李邕:字泰和,广陵江都(今江苏省扬州市江都区)人。有才华,性倜傥,唐玄宗时任北海(今山东省青州市)太守,书法、文章都有名,世称"李北海"。后被李林甫杀害,年七十余。② 扶摇:急剧盘旋而上的暴风。形容上升很快。③ 假令:假使,即使。④ 簸却:激扬。⑤ 沧溟:大海。⑥ 恒:常常。⑦ 殊调:格调特殊。⑧ 大言:言谈自命不凡。⑨ 宣父:即孔子,唐太宗贞观年间诏尊孔子为宣父。⑩ 丈夫:古代男子的通称,此指李邕。

认识作者

李白(701—762),字太白,号青莲居士,又号"谪仙人"。被后人誉为"诗仙""诗侠",与杜甫并称为"李杜"。汉族,祖籍陇西成纪,一说出生于碎叶城(当时属唐朝领土,今属吉尔吉斯斯坦)。20多岁即"仗剑去国",辞亲远游。后经吴筠推荐,供奉翰林。期间因风采才华,名震天下。不久,即遭到同僚诋毁排压,被赐金放还,继续大半生不得志的游历生活。762年卒于今安徽当涂,享年61岁。

李白的诗,驰骋想象,自然夸张,雄奇奔放,又清新飘逸。他善于从民间文艺和秦、汉、魏以来的乐府民歌中吸取营养,形成独特的雄浑瑰丽的艺术风格,具有饱满的激情和震撼人心的艺术力量,是继屈原之后积极浪漫主义诗歌的最高峰。有《李太白集》传世。

品品滋味

大鹏,是中国古代神话传说中最大的鸟,由鲲变化而成。《庄子·逍遥游》说,"北冥有鱼,其名为鲲。鲲之大,不知其几千里也。化而为鸟,其名为鹏。鹏之背,不知其几千里也。怒而飞,其翼若垂天之云。……鹏之徙于南冥也,水击三千里,抟扶摇而上者九万里……"

李白活用寓言,驰骋想象:风起时,大鹏借机鼓翅而上,直上九霄;风静时,飞旋而下,翅膀一扇,犹可掀起千尺巨浪。

这里的大鹏是李白借以自况的意象,它寄寓了李白自由奔放的激情、宏阔明亮的理想和志趣。李白曾以晚辈后学的身份谒见刺史李邕,藐大人而放言高论,不拘礼俗。时李邕素有称誉,颇负才名,对李白这样的后生颇为不屑。临别时李白写下这首诗以抒心志。借讥"时人"婉讽李邕,以孔子对后生的态度与之抗礼。孔子曰:

后生可畏。焉知来者之不如今也？ 意思直白,无需遮掩:孔子尚且敬畏后生,李大人岂能轻视晚辈? 李白的锐气与胆量可见一斑。

诗歌前四句用夸张的笔法勾画出力簸大海的大鹏形象——也是青年李白自负自信的形象。后四句以对比手法回敬李邕的轻慢态度,表现了李白超凡脱俗、不畏流俗的气概。

《登金陵凤凰台》《蜀道难》

大鹏一日同风起,扶摇直上九万里;宣父犹能畏后生,丈夫未可轻年少。

6. 浪淘沙九首(之八)

(唐)刘禹锡

莫道谗言如浪深,
莫言迁客①似沙沉。
千淘万漉②虽辛苦,
吹尽狂沙始到金。

不要说小人的流言蜚语如惊涛骇浪一样令人恐惧,
也不要说被贬谪的人好像泥沙一样永远消极沉沦。

淘金要千遍万遍地过滤,虽历尽千辛万苦,

但只有淘尽了层层泥沙,才会得到闪闪发光的黄金。

了解字词

① 迁客:遭受贬谪客居他乡的人。 ② 漉(lù):过滤。

认识作者

刘禹锡(772—842),字梦得,汉族,中唐著名诗人、文学家、哲学家,河南洛阳人。贞元九年,擢进士第,登博学宏词科。政治上主张革新,是王叔文派政治革新活动的中心人物之一。后来永贞革新失败被贬为朗州司马(今湖南常德)。后因宰相裴度力荐,任太子宾客,加检校礼部尚书,世称刘宾客。后复用,至礼部尚书。卒年七十二,赠户部尚书。

刘禹锡与柳宗元交好,人称"刘柳",又与白居易常相唱和,又并称"刘白"。反映民众生活和风土人情的诗,题材广阔,多汲取巴蜀民歌的特色,清新自然,健康活泼,充满生活情趣。其讽刺诗往往以寓言托物手法,涉及较广的社会现象,讽刺而不露痕迹。存世有《刘宾客集》。

品品滋味

"谗言如浪深",曾淹没多少英才;"迁客似沙沉",多少志士贬谪蛮荒,如砂砾深沉于海底。然而,清白正直的忠贞之士尽管蒙受不白之冤,被罢官降职,迁谪他乡,依然不变心志,不改初衷,就像淘金一样,千淘万漉,才得真金。

因谗言罹祸,被贬异地,历史上不乏其人,如比干被剖腹,屈原遭流放。有人忧谗畏祸,为自我保全俯首折节,有人选择世故圆滑,或是消极不为。刘禹锡怀着兼济天下的理想,积极参与社会变革,屡经坎坷,矢志不移。为了社稷,刘禹锡等改革者们提出了一系列革新措施:抑制宦官和藩镇,整治贪官,轻徭薄赋。不幸,永贞革新失败,参与革新的士大夫全部被贬,刘禹锡被贬到朗州,后又迁至连州(今广东)、夔州(今重庆)、和州(今安徽),颠沛流离的贬谪生活,持续了漫长的二十多年。"巴山楚水凄凉地,二十三年弃置身",这就是刘禹锡大半生的人生历程写照,可以想象他曾经经历了多少荒凉、艰辛,感受到怎样的凄楚慷慨。

谗言如"浪深",迁客却没有"沙沉"。

然而当年的锐意革新的勇士没有沉沦，多年的艰辛历程反而使他获得了精神涅槃，过往的沉痛、辛酸对勇士来说恰是磨砺，是淬炼，是熔铸，将他的心灵打磨成一块熠熠生辉的金子，也成就了他人生的升华与文学的登峰造极。

贬谪中坚守气节与理想，逆境中葆有恒心和韧性，是无数志士坚贞不屈的源泉，更是中华民族生生不息的动力。"千淘万漉虽辛苦，吹尽狂沙始到金"，不仅表达了逆境中的积极精神，而且为这积极精神灌注了一种持之以恒的毅力品质。

不忘初心，方得始终，然知易行难。孔子说"力行近乎仁"，又说"善人，吾不得而见之矣！得见有恒者，斯可矣。""千淘万漉虽辛苦，吹尽狂沙始到金。"刘禹锡，其人其事令人动容，其诗也动人心魄，它所表现出的"逆境中坚毅自守"，同中华文化中一以贯之的"有恒"精神一道，永远激励着每一位有志者追求卓越、实现梦想。

诗歌前两句用比喻说明谗言如惊涛骇浪，但迁客未必沙沉，从反面给人以积极的鼓励，后两句从正面以坚定语气表明心志——烈火见真金。

相关链接

《西塞山怀古》《望洞庭》

名句推荐

千淘万漉虽辛苦，吹尽狂沙始到金。

阅读与欣赏

7. 致酒①行②

（唐）李贺

零落栖迟③一杯酒，主人奉觞④客长寿⑤。
主父⑥西游困不归，家人折断门前柳。
吾闻马周⑦昔作新丰客，天荒地老无人识。

空将笺上两行书，直犯龙颜请恩泽。
我有迷魂⑧招不得，雄鸡一声天下白。
少年心事当拿云⑨，谁念幽寒坐鸣呃⑩。

诗词解意

人到穷困潦倒、落魄漂泊的时候，唯有借酒消愁，主人持酒相劝，祝我身体健康。

当年主父向西入关，资用困乏，怀才不遇，只得滞留异乡，家人思念他，折尽了门前杨柳。

我还听说马周早年客居新丰的时候，也是四顾茫茫，无人赏识。可后来只凭纸上几行字，就博得了皇帝垂青，得到重用。

我的魂魄有如迷失了一般，无法招回，然而只待雄鸡一叫，就天下大亮。

少年人应当有凌云壮志，谁会怜惜你困顿独处、唉声叹气呢？

了解字词

① 致酒：劝酒。② 行：乐府诗的一种体裁。③ 零落栖迟：这是说诗人潦倒闲居，漂泊落魄，寄人篱下。④ 奉觞：捧觞，举杯敬酒。⑤ 客长寿：敬酒时的祝词，祝身体健康之意。⑥ 主父：《汉书》记载，汉武帝的时候，"主父偃西入关见卫将军，卫将军数言上，上不省。资用乏，留久，诸侯宾客多厌之。"后来，主父偃的上书终于被采纳，当上了郎中。⑦ 马周：《旧唐书》记载，"马周西游长安，宿于新丰，逆旅主人唯供诸商贩而不顾待。周遂命酒一斗八升，悠然独酌。主人深异之。至京师，舍于中郎将常何家……"贞观五年，太宗令百僚上书言得失，何借机推荐，太宗诏见，后授予监察御史。⑧ 迷魂：这里指执迷不悟。宋玉曾作《招魂》，以招屈原之魂。⑨ 拿云：高举入云。⑩ 鸣呃：悲叹。

认识作者

李贺（790—816），字长吉，祖籍陇西成纪（今甘肃秦安），生于福昌县昌谷（今河南洛阳宜阳县）。世称"李长吉""鬼才""诗鬼""李昌谷""李奉礼"，与李白、李商隐三人并称唐代"三李"。李是唐朝宗室的后裔，但早已没落破败，家境贫困。他才华出众，少年时就获诗名，但一生只作了一个职掌祭祀的九品小官，郁郁不得志，穷困潦倒，死时年仅27岁。

李贺是继屈原、李白之后，中国文学史上又一位杰出的浪漫主义诗人。诗作大多慨叹生不逢时和内心苦闷，抒发对理想、抱负的追求；描写人民的疾苦，揭露时弊、批判统治者的荒淫昏聩，歌颂边塞将士的英勇不屈。其特色是想象丰富、语言奇峭、辞采诡丽。流传的名句有"黑云压城城欲摧""雄鸡一声天下白""天若有情天亦老"等。

 品品滋味

少年李贺满怀希望准备参加科举考试，不料被人以避讳他的父亲"晋肃"的名讳为理由，剥夺了考试资格。这造成了他一生坎坷，有志难伸。诗人客居长安，处境艰难，抑郁感伤。某日，友人设宴为李贺排遣苦闷。这首《致酒行》就是李贺酒宴上的感怀之作。全诗以对话的方式构思。

"零落栖迟"表明了诗人的处境——求官不得，飘零潦倒，借酒消愁。主人设宴，举杯祝寿，为客人解忧。

首句叙事，不从友人写起，从自伤境遇落笔，愈显得诗人内心悲苦落寞。再引西汉名士主父偃和唐代名臣马周的际遇作比，感伤中交织着自负、自信。主父偃和马周满腹才华，多次上书陈条，始被弃置，终获重用，可见得"天生我材必有用""无人识"又将马周抱荆山之玉而无人识才的寂寞痛苦写到极致。这是主人的劝勉之语。

"我有迷魂招不得"，落在"迷"字上。一味沉浸在伤感中，怨尤伤叹，是误入迷途。主人的开导，使作者豁然开朗，幡然醒悟。"雄鸡一声"，一鸣惊人，啼破黑暗，顿时，云开雾散，光明璀璨。这光明，又激发了诗人压抑已久的豪情。是啊，年轻人，就该像初出之阳，鲜活有力，有凌云之志，岂能因一时的挫败就满腹哀怨、颓废萎靡呢？"幽寒坐呜呃"，形象地刻画出诗人"咽咽学楚吟，病骨伤幽素"（《伤心行》）的苦态。"谁念"，是诗人的深刻自省。"少年心事当拿云"与"谁念幽寒坐呜呃"形成鲜明对照，催人振奋。

诗人的心情是复杂的。一方面慨叹，能否像主父偃和马周那样，"囊锥"终有出头之日呢？最后，诗人的落脚点是：虽然不能仕举，只要努力不放弃，一定会有柳暗花明，实现人生逆转的一天。

此诗从自伤身世、主人劝导，到自我顿悟，三层意思转折跌宕，沉郁顿挫起首，自勉自励是主调，而以豪迈的激情作结，表现出不甘沉沦、积极进取的志向，诗情也得以升华。

《雁门太守行》《金铜仙人辞汉歌》

少年心事当拿云，谁念幽寒坐呜呃。

8. 安定城楼①

（唐）李商隐

迢递②高城百尺楼，
绿杨枝外尽汀洲③。
贾生④年少虚垂涕，
王粲⑤春来更远游。
永忆江湖归白发，
欲回天地入扁舟⑥。
不知腐鼠成滋味，
猜意鹓雏竟未休⑦。

独自登上雄峻的安定城楼，
望柳枝飘摇，春色充满远处的汀洲。

我如同贾谊年轻有壮志，可怀才难遇只能白白泪流，
又如同王粲无奈离故乡，我比他漂泊更远也更悲愁。
一直渴望功成名就、白发苍苍时，安然归隐江湖，
一直渴望扭转乾坤后，一叶扁舟游四方，品诗饮酒。
我没料到小人们会把腐鼠一样的小利当成美味，
竟然不停地猜疑高洁的凤凰抢它的腐鼠，无止无休！

了解字词

① 安定城楼：李商隐于开成三年应博学宏词科不中，乃回泾原节度使王茂元幕府，府治在关内道泾州(今甘肃省泾川县北)。因唐之泾原在隋代为安定郡，故此诗依旧习称"安定城楼"。② 迢递：形容楼高而且连续绵延。谢朓《随王鼓吹曲》："逶迤带绿水，迢递起朱楼。"③ 汀洲：汀指水边之地，洲是水中之洲渚。④ 贾生：指西汉人贾谊。《史记·贾生传》载，"贾生……年少，颇通诸子百家之书。文帝召以为博士……一岁中至太中大夫。"又《汉书·贾谊传》载，贾谊认为"时事可为痛哭者一，可为流涕者二，可为太息者六"，因此"数上书陈政事，多所欲匡建"，但文帝并未采纳他的建议。后来他呕血而亡，年仅33岁。李商隐此时27岁，是以贾生自比。⑤ 王粲：东汉末年人，建安七子之一。《三国志·魏书·王粲传》载，王粲年轻时曾流寓荆州，依附刘表，但并不得志。他曾于春日作《登楼赋》，其中有句云，"虽信美而非吾土兮，曾何足以少留？"李商隐此处以寄人篱下的王粲自比。⑥ "永忆"二句：《史记·货殖列传》载，春秋时范蠡辅佐越王勾践灭吴后，乘扁舟归隐五湖。李商隐用此事，说自己总想着年老时归隐江湖，但必须等到把治理国家的事业完成，功成名就之后才行。⑦ "不知"二句：鹓雏(yuān chú)是古代传说中一种像凤凰的鸟。李商隐以庄子和鹓雏自比，说自己有高远的心志，并非汲汲于官位利禄之辈，但谗佞之徒却以小人之心度之。

认识作者

李商隐(约813—约858)，唐代著名诗人。字义山，号玉谿生，又号樊南生。开成年间的进士，因处于"牛李之争"的政治斗争中，一生郁郁不得志。李商隐擅长诗歌写作，骈文文学价值也很高，和杜牧合称"小李杜"，与温庭筠合称"温李"，因诗文与同时期的段成式、温庭筠风格相近，且三人都在家族里排行第十六，故并称为"三十六体"。其诗构思新奇，风格秾丽，尤其是一些爱情诗和无题诗写得缠绵悱恻，优美动人，广为传诵。作品收录为《李义山诗集》。

品品滋味

　　首联扣题，写登楼所见。文人登高望远，或发"思古之幽情"，或吊古伤今，或抒发家国身世之慨。晚唐的政治风云变幻莫测，正值李商隐继进士及第后参加吏部博学宏词科，因受到党争的牵连，名落孙山，不得已再回到泾源。正是春风和煦、柳絮飘飞的季节，诗人登上安定城楼，纵目远眺，万千气象，尽收眼底。即景生情，生发无穷感慨。

　　颔联作者引贾谊、王粲二人自况。贾生才华洋溢，上书献策，未被采纳，33岁呕血而亡。王粲17岁时，少有才名，客寓他乡，依附他人，心怀郁郁。杜甫《久客》诗中有"去国哀王粲，伤时哭贾生"。彼时李商隐27岁，亦满腹才情，应试不中，赴泾州，入幕王茂元，同属寄人篱下。他们都是奋发有为的青年才俊，然而，有志不伸，怀才不遇，那种"男儿未际风云会，辜负胸中十万兵"的感痛何其相类啊。"虚""更"，既是对贾谊、王粲英才埋没、理想落空、英年早逝的惋惜，又是对自己报国无门、前途渺茫的忧叹。

　　"永忆江湖归白发，欲回天地入扁舟。"由自叹不遇转而申述志趣。春秋时范蠡辅佐越王勾践灭吴，功成身退后泛舟江湖。作者借这个典故表明心志：一旦扭转危局，政治清明，我便隐身江湖，绝不贪慕名利。"永忆"，见得执着、坚定，言其既抱建立功业之志，又怀淡泊名利之心，是毕生的追求。同时，也隐寓了对朋党倾轧、互争利禄的谴责。

　　颈联既已坦露心怀，有志于功业不为名利，紧承此意，尾联借庄子寓言进一步表示自己不汲汲于个人荣利，正告他人不要妄加猜测。寓言大意是，惠施相梁，唯恐庄子争夺他的相位，百般防范，阻止庄子入境。于是庄子去见惠施，坦率地对他说，鹓雏非梧桐不栖，非竹实不食，非醴泉不饮，从来不会把鸱鹰的腐鼠当美味而希美！(见《庄子·秋水》)庄子把自己比作鹓雏，以鸱鹰比惠施，以腐鼠比相位。言下之意是，相位在我眼中不过是腐鼠，你的权位我不屑一顾，你不要以小人之心度我，妄加猜测。作者巧用此典，既剖明自己不贪利禄，坦荡磊落，冲淡高远，又含蓄地调侃奚落那些权贵官僚不过是结党营私、争名夺利的腐臣。

　　诗歌使典用事以抒情言志，抒写了诗人忧时伤世、怀才不遇的苦闷和建功立业的志向，又婉曲地表露他不汲汲于荣利的磊落胸怀。

相关链接

　　《无题二首》(来是空言去绝踪)(飒飒东风细雨来)

19

不知腐鼠成滋味,猜意鹓雏竟未休。

阅读与欣赏

悦读时光

9. 赠项斯①

（唐）杨敬之

几度②见诗诗总好,
及观标格③过于诗。
平生不解④藏人善⑤,
到处逢人说项斯。

诗词解意

每当看到项斯的诗都会有赏心悦目的感觉,他的诗总是写得那么绝妙。
再观其美好的品行和气节,觉得远甚于他的诗作。
我这个人平生不愿意隐瞒别人的优点,
不管在哪里,常常对人称赞项斯的美德及其脍炙人口的诗文。

了解字词

古典文学卷（上册）

① 项斯:字子迁,江东人。《唐诗纪事》载,"斯,……始,未为闻人。……谒杨敬
之,杨苦爱之,赠诗云云。未几,诗达长安,明年擢上第。"② 度:次。③ 标格:风
采,指一个人的言语、行动和气度等几方面的综合表现。④ 不解:不会。⑤ 善:优
点,这里指品质、言行、文学方面。

认识作者

楊敬之(约820年前后在世),字茂孝,祖籍虢州弘农(今河南省灵宝市),安史之乱中移家至吴(今苏州市)。唐代文学家杨凌之子。生卒年均不详,以文学名播当时。官至工部尚书兼祭酒。《全唐诗》存录其诗二首、断句四,所作《华山赋》最为驰名,尤为韩愈、李德裕所赏。

品品滋味

始读项斯其诗,文采精华,令人钦佩;及见其人,观其外表气度与言行品质,高于诗文才华,更为之折服。"诗好"是衬笔,人品德行是重点。纵览古今,人品与文品不协调的大有人在,言行殊异、表里不一的也不乏其人,项斯文采、仪表、品格兼具,殊为难得。这样的人才容易遭嫉,世人常欲人不如己,唯恐他人遮蔽了自己的光华,以故对别人的美和好往往心服,但缄口不言。不挑剔已是不易,杨敬之反处处宣扬,彰显项斯的才华人品,亦能想见作者的人品气度。

"不解",不是不懂,是不愿意那样做;"到处",可见其古道热肠,心地之坦率热忱;"平生",更可见出不是刻意,不是一时,是一贯的风格。

自古,才德兼备者有之,嫉贤妒能者有之,而到处为人扬善,一片赤诚,虚怀若谷如杨敬之者,并不多见,因此尤其令人感佩。

杨敬之的诗,《全唐诗》仅存二首。项斯的诗,《全唐诗》只收一卷,此外也未见有何突出成就。不过,因为杨敬之的这首诗,他们俱为后人所熟知。"逢人说项"的成语即由此而来。

相关链接

杨敬之《客思吟》、项斯《江村夜泊》

名句推荐

平生不解藏人善,到处逢人说项斯。

情志篇

10. 小松

(唐)杜荀鹤

自小刺头①深草里，
而今渐觉出蓬蒿②。
时人不识凌云木，
直待③凌云④始道⑤高。

诗词解意

松树小的时候长在很深很深的草中，没人察觉，
到现在才发现已经渐渐长大，高出了蓬蒿许多。
可那时人们不识它是可以高耸入云的树木，
直到它有朝一日高耸入云，人们才夸说它的高大。

了解字词

① 刺头：指长满松针的小松树。② 蓬蒿(péng hāo)：两种野草。③ 直待：直等到。④ 凌云：高耸入云。⑤ 始道：才说。

认识作者

杜荀鹤(846—904)，唐代诗人。字彦之，号九华山人。池州石埭(今安徽石台县)人。出身寒微，数试不第。黄巢义军席卷山东、河南一带时，他从长安回家。从此"一入烟萝十五年"(《乱后出山逢高员外》)，过着"文章甘世薄，耕种喜山肥"(《乱后山中作》)的生活。

杜荀鹤是晚唐著名的现实主义诗人。他提倡诗歌要继承风雅传统，反对浮

华。其诗作平易自然，朴质明畅，清新秀逸。

杜荀鹤的诗语言通俗、风格清新，后人称"杜荀鹤体"。诗人自述"诗旨未能忘救物"，部分作品反映晚唐时期的政治混乱黑暗和人民的悲惨遭遇，比较突出。宫词尤为有名，有"风暖鸟声碎，日高花影重"为传世名句。

 **品品滋味**

杂草丛中，蓬蒿里，一棵小树挣扎着探出头来。它是那样的卑微、弱小，被蓬草包围着，被荆棘缠绕着，仿佛生命随时会夭折，会中断。但是，它活下来了。它冲破围困，抗击虫害，生长。它顶住烈日酷暑、严寒霜冻，再生长。最后，它冲向云霄，长成了参天大树。

这是一棵松树。从一颗种子开始，它就牢记着使命：无论落在何处，都要长成直插云霄的大树。

松，不惧严寒酷暑，不畏艰难险恶，苍翠挺拔，傲骨峥嵘。它是天地万木中的壮士，理想的种子一旦落地生根，志节不改，坚毅不屈。

一"刺"一"出"，让人想象那小小的松针，竟贮存了无穷无尽的蛮荒之力，刺身而出，不断向上，冲刺，冲刺。先冲出蓬蒿，再冲出树林，冲向云霄，出类拔萃。

当大松高耸入云时，人们无不欣羡，惊叹。可是，它曾经是默默无闻的小松啊，貌不惊人，不为人知，历经那些艰难困苦的岁月时，有谁去关注它呢？

诗人出身寒微，亦有凌云壮志，有忠贞不屈的品质，渴望奋发有为，一展怀抱，可谁是识拔人才的伯乐呢？

这首小诗借松写人，托物讽喻，寓意深长。

作者通过"自小""渐觉""不识""直待""始道"几个词，承前启后，诗意转折，最后落在"不识"上，恰到好处地道出了诗人内心的深沉忧思：就像小松这样的"凌云木"，成长是一个必然的过程，然而，在它微不足道时，如果没有人慧眼识才，着意呵护培养，人才终究会湮没无闻的啊。

 **相关链接**

《送人游吴》《春宫怨》

 **名句推荐**

时人不识凌云木，直待凌云始道高。

11. 秋日

（宋）程颢

闲来无事不从容①，睡觉②东窗日已红。
万物静观③皆自得，四时④佳兴与人同。
道通天地有形外，思入风云变态中。
富贵不淫⑤贫贱乐，男儿到此是豪雄⑥。

 **诗词解意**

心情闲静安适，做什么事情都不慌不忙。一觉醒来，红日已高照东窗。

静观万物，都可以得到自然的乐趣，人们对一年四季中美妙风光的兴致都是一样的。

道理通著天地之间一切有形无形的事物，思想渗透在风云变幻之中。

能够富贵而不骄奢淫逸，贫而能保持快乐，这样的男子汉就是英雄豪杰了。

了解字词

① 从容：不慌不忙。② 觉醒：醒。③ 静观：仔细观察。④ 四时：春、夏、秋、冬四季。⑤ 淫：放纵。⑥ 豪雄：英雄。

认识作者

程颢（1032—1085），字伯淳，学者称明道先生，河南洛阳人。北宋哲学家、教育家、诗人，理学的奠基者，"洛学"代表人物。

程颢认为"天理"乃人类社会永恒的最高准则，提出"天者理也"和"只心便是天，尽之便知性"的命题，倡导"传心"说。程颢曾和其弟程颐学于周敦颐，世称"二程"，同为北宋理学的奠基者，其学说在理学发展史上占有重要地位，后来为朱熹所继承和发展，世称"程朱学派"。著述书籍，收入《二程全书》。

品品滋味

活着容易，活出质量很难。程颢的这首《秋日》诗告诉我们，人应该怎么活才能活得快乐，活得坦然，活得自在。概括起来有四个境界。

第一，要会"闲"，就是淡定。闲，不是不做事，是叫我们不要把所有的事情放心上。活着，要面临的事情很多，学习、工作、生活，事务繁杂，如果忙于应对，被忙碌和乏味所折磨，感受的只能是身心的疲惫，生活也就毫无快乐可言。学会分清主次，删繁就简，任何时候都会从容不迫，举重若轻。只有淡定，才能"无事不从容"。事事淡定，一觉睡到日高起。事事萦怀，聒碎好梦眠不得。诗人有首诗说，"时人不识余心乐，将谓偷闲学少年"。这"闲"是"偷"来的，会偷闲，就是会生活，忙里偷闲，苦中取乐，生活就会清新，步调自会轻盈。这是对人生凡俗事务的态度。

第二，能"静"。静观万物，万物各适其时，我与万物相与为一，自得其趣。春华秋实、冬枯夏荣，时序更替，展示着大自然壮丽的美景。人间四季里，万物与人一样，静静地盛开，默默地回归尘土。大自然以博大的胸怀，为万物生灵提供了自由舒展的广阔空间。人生有涯，万物是生生不息、亘古绵延的，将自己融入大自然中，静观自身，静修内心，于喧嚣浮华的世界中，给自己留一片清静明朗的天空。这是人对自然的态度。

第三是"通达"。什么是通达？不是简单的通情达理。通，是通透，是通明，是通晓、洞悉；达，是练达、洞达，也可说是到达。通明、通透，所以能到达理想的彼岸。道，是大道、至道。"道"从哪里来，从书本中来，但它是呆板的；从天地万物中来，从人情社会中来，是鲜活的，有生命的。从一切有形的事物中悟"道"，从万事万物的变化中寻"理"。不迂腐拘泥，不固执一端，"猝然临之而不惊，无辜加之而不怒"，任风云变幻，我自超然，就乐在其中了。这是对社会的态度。

第四是超脱名利。儒家的人生价值观是积极入世，但也强调，富贵不能淫，贫贱不能移。其实是提倡以出世的精神，做入世的事情。所谓出世就是有超乎物欲之上的精神境界，不为名利争逐。有权有势，也能将名利看得风轻云淡而不骄矜放纵，忘乎所以；身处贫穷卑微而能发自内心地微笑。因为快乐的来源不是靠外来物质和虚荣，而是靠自己内在的高贵与正直。果真如此，那么这就是真正的好男儿，宠辱不惊，得失偕忘。这是对名利的态度。

人生最理想的境界不就是这样吗？淳朴自然、开朗达观、自信洒脱、随缘自适。这首诗就是对"快乐生活"的内涵最好的诠释。

相关链接

《春日偶成》

名句推荐

富贵不淫贫贱乐，男儿到此是豪雄。

阅读与欣赏

12. 病起①抒怀

（南宋）陆游

病骨支离②纱帽宽，孤臣③万里客江干④。
位卑未敢忘忧国，事定犹须待阖棺⑤。
天地神灵扶庙社⑥，京华⑦父老望和銮⑧。
出师一表⑨通今古，夜半挑灯⑩更细看。

诗词解意

病体虚弱消瘦，以致头上的纱帽也显得宽大了，客居在万里之外的成都江边，形只影单。

虽然身份卑微却从未敢忘记忧虑国事，但若想实现统一理想，只有死后才能盖棺定论。

希望天地神灵保佑国家社稷，北方百姓都在日夜企盼君主收复失地，一统河山。

诸葛亮的《出师表》万古流芳，深夜难眠，我再次挑灯细细品读。

了解字词

① 病起：病愈。② 支离：憔悴；衰疲。③ 孤臣：孤立无助或不受重用的远臣。④ 江干：江边；江岸。⑤ 阖（hé）棺：指死亡，诗中意指盖棺定论。⑥ 庙社：宗庙和社稷，以喻国家。⑦ 京华：京城之美称。因京城是文物、人才汇集之地，故称。⑧ 和銮（luán）：同"和鸾"。古代车上的铃铛，挂在车前横木上称"和"，挂在轭首或车架上称"銮"。诗中代指"君主御驾亲征，收复祖国河山"的美好景象。⑨ 出师一表：指三国时期诸葛亮所作的《出师表》。⑩ 挑灯：拨动灯火，点灯。亦指在灯下。

认识作者

陆游（1125—1210），字务观，号放翁。汉族，越州山阴（今浙江绍兴市）人，南宋著名爱国诗人。少时受家庭爱国思想熏陶，高宗时应礼部试，为秦桧所黜。孝宗时赐进士出身。中年入蜀，投身军旅生活，官至宝章阁待制。晚年退居家乡。

陆游一生饱经忧患，同情人民疾苦，深切关注祖国的前途命运。他的作品始终倾注着炽烈的爱国热情，多抒发杀敌报国的志向和壮志未酬的忧愤情怀。语言晓畅，章法严整，兼具李白的雄奇奔放与杜甫的沉郁悲凉。

陆游创作诗歌今存九千多首，是现存诗作最多的诗人。后人每以陆游为南宋诗人之冠，与尤袤、杨万里、范成大齐名，称"南宋四大家"，有《剑南诗稿》《放翁词》。

品品滋味

这首诗是陆游于淳熙三年（1176年）被免去参议官之后，移居成都的浣花村，病了二十多天，病愈后所作。

"病骨支离"勾勒出了大病初愈后的陆游体瘦骨露、憔悴衰弱的形象。"纱帽宽"，一语双关，既言其病后瘦损，故感帽沿宽松，也暗含被贬后失意悲伤。"孤臣"，意为忠君爱国之心无人理会，不被重用，倍感孤独。万里，空间的横阔衬托出孤臣之孤、客居之悲。刚被罢职，大病一场，客居苍茫辽远的异乡，其情之落寞、其境之悲苦可想而知。可是，诗人身处衰境却不自哀，忧国忧民，壮志依旧。作者的《新春》诗中有"忧国孤臣泪，平胡壮士心"句，可知他时刻心系国家危亡，而不是个人安乐。

"位卑未敢忘忧国，事定犹须待阖棺"是本诗的主眼，诗之重心所在。"位卑"紧承上句，是在剖白自己的赤子之心，又隐含着对南宋统治者偏安一隅的强烈谴责，位卑者尚且不忘忧国，位尊者更应该为江山社稷筹策谋划。事实正相反，投降派上下跳踉，蛊惑当权者在轻歌曼舞中消弭斗志，只图一时安乐，而置国家前途于不顾。言出肺腑，真实地烛照出他坦荡的襟怀、孤耿的忠心、崇高的人格。"未敢"，有力地传递出"国家兴亡，匹夫有责"的使命感、责任感。

"事定犹须待阖棺"，典出《晋书·刘毅传》中"大丈夫盖棺事方定"。尽管眼前受挫，诗人却表现出对世事的旷达，与收复失地的坚定信心。他觉得是非自有公论，爱国杀敌之志不可动摇。"犹须"就强化了信念的执着、思想的达观。

"天地神灵扶庙社，京华父老望和銮"，既是鞭策，又暗含愤懑。权贵大人们仗恃天地神灵保佑社稷，还在歌舞欢娱，悠游作乐，神灵真能庇佑你们吗？半壁河山已经沦陷，大宋岌岌可危，百姓们正翘首以盼，希望朝廷能重振旗鼓，征讨敌虏呢！"位卑者"系情国事，身居高位者朱门歌舞，两相对照，也照应了颔联中"位卑未敢忘忧国"。

"出师一表通今古，夜半挑灯更细看。"诸葛亮是诗人崇敬的人物，《出师表》中"鞠躬尽瘁，死而后已"的精神一直激励着自己。结合"壮心未与年俱老，死去犹能做鬼雄"（《书愤》其二），可见其以身许国的精神，正如梁启超所说，"亘古男儿一放翁"。

这首诗从衰病起笔，以挑灯夜读《出师表》结束，豪迈之中见苍凉悲壮，表现了一种与天地同在、与日月同辉的爱国主义精神。其中"位卑未敢忘忧国，事定犹须待阖棺"两句，已经成名句。它犹如漫漫长夜中的一盏心灯，使诗歌熠熠生辉，警策精粹，艺术境界拔人一筹。

相关链接

《书愤·其二》《金错刀行》《临安春雨初霁》

名句推荐

位卑未敢忘忧国，事定犹须待阖棺。

13. 摸鱼儿①·更能消几番风雨

（南宋）辛弃疾

更能消②几番风雨？匆匆春又归去。惜春长怕花开早,何况落红③无数。春且住,见说道、天涯芳草无归路④。怨春不语。算只有殷勤⑤,画檐蛛网,尽日惹飞絮。

长门⑥事,准拟⑦佳期又误。蛾眉⑧曾有人妒。千金纵买相如赋,脉脉此情谁诉？君⑨莫舞,君不见、玉环飞燕⑩皆尘土！闲愁最苦。休去倚危栏⑪,斜阳正在、烟柳断肠处。

 诗词解意

还经得起几回风雨,春天又将匆匆归去。爱惜春天我常怕花开得过早,何况此时已落红无数。春天啊,请暂且留步,难道没听说,连天的芳草已阻断你的归路？真让人恨啊,春天就这样默默无语,看来殷勤的,只有雕梁画栋间的蛛网,为留住春天整天沾染飞絮。

长门宫阿娇盼望重被召幸,约定了佳期却一再延误。都只因太美丽招人嫉妒。纵然用千金买了司马相如的名赋,这一份脉脉深情又向谁去倾诉？你们不要得意忘形,难道你们没看见,红极一时的玉环、飞燕都化作了尘土。闲愁折磨人最苦。不要去登楼凭栏眺望,一轮就要沉落的夕阳正在那令人断肠的烟柳迷蒙之处。

 了解字词

① 摸鱼儿:词牌名。唐教坊曲名,本为歌咏捕鱼的民歌。又名《山鬼谣》《陂塘柳》《双蕖怨》《摸鱼子》《迈陂塘》。② 消:消受,经受,禁得。③ 落红:落花。④ 见说:听说。苏轼《点绛唇》词:"归不去,凤楼何处？芳草迷归路。"⑤ 算只有殷勤:想来只有檐下蛛网还殷勤地沾惹飞絮,留住春色。⑥ 长门:汉代宫殿名,武帝皇后失宠后被幽闭于此。司马相如《长门赋序》:"孝武陈皇后,时得幸,颇妒。别在长门

宫,愁闷悲思,闻蜀郡成都司马相如天下工为文,奉黄金百万,为相如、文君取酒,因以悲愁之辞,而相如为文以悟主上,陈皇后复得幸。"⑦ 准拟:约定。⑧ 蛾眉:借指美人。⑨ 君:指善妒之人。⑩ 玉环飞燕:杨玉环,杨贵妃的小名,唐玄宗最宠爱的妃子,安禄山叛变后,赐死于马嵬坡。飞燕,赵飞燕,汉成帝宠爱的妃子,后来废为庶人,自杀。两人皆貌美善妒。⑪ 危栏:高楼上的栏杆。

认识作者

辛弃疾(1140—1207),字幼安,号稼轩,山东东路济南府历城县(今济南市历城区遥墙镇四风闸村)人。辛弃疾毕生以抗金报国、恢复中原为己任,21岁时即参加抗金义军,但由于与当政的主和派政见不合,被弹劾落职,退隐山居。其后,也担任过一些地方要职,却事与愿违。1207年秋,辛弃疾心怀忧愤辞世,年68岁。赠光禄大夫少卿,谥忠敏。

辛弃疾是杰出的抗金将领,也是南宋词坛大家。他在继承苏轼词豪放风格的基础上,进一步扩大内容,拓宽题材。抗金复国是其作品之主旋律,又夹杂着英雄失路的悲叹与壮士闲置的愤懑,给人以慷慨悲歌、激情飞扬之感。与苏轼合称"苏辛",与李清照并称"济南二安"。著有《稼轩词》。

"铁板铜琶,继东坡高唱大江东去,美芹悲黍,冀南宋莫随鸿雁南飞。"这是郭沫若对他的评价。

品品滋味

上阕抒写作者惜春之情。作者以叹春"匆匆归去",惜春"怕花早开早谢""落红无数",留春"春且住"而留不住,转而怨春"不语"。深情无限,却"无计留春住",只有那多情的檐下蜘蛛,殷勤抽丝织网,粘连住柳絮落花,留下些许春的残痕,也算是留下一点心灵的慰藉了。多么怅惘啊!这里一层一折,一折一转,层层深入,宛转有致,实则含蓄表达他对南宋王朝"爱深恨亦深"的矛盾心情。

下阕借美人失宠哀叹迟暮,抒发悲愤之情。长门宫陈阿娇失宠,只因太过美丽招来嫉妒。她以千金买得司马相如《长门赋》,希望借此打动汉武帝的心。但是她所期待的"佳期"却迟迟未到。这种复杂痛苦的心情,向谁去诉说呢?此时辛弃疾年已40岁,南归后,屡次迁为闲职,已有17年之久了。作者满以为扶危救亡的壮志能够施展,收复失地的策略将被采纳。然而,事与愿违,反而因此遭致嫉恨排压,有怀报国,无路请缨,又是怎样的郁闷和痛苦呢!闲愁,无端无谓的忧愁,一腔报国激情被逼成"闲愁"，只能"将万字平戎策，换得东家种树书"了，这其中又蕴含着多少辛酸和悲怆！

"君莫舞"，你们这些苟且之辈，不要太得意忘形了，尽管你们长袖善舞，不过是暂时得志，你们没看见吗，即使是赵飞燕、杨玉环那样盛极一时、宠冠后宫的美人，最终也都化为尘土，你们又算什么呢！词人的愤激、鄙夷之情溢于言表。

此词直接继承了楚辞香草美人的比兴寄托手法，用男女之情来隐喻现实斗争，又化用典故，借古讽今。全词笔致婉曲，寄托遥深，言在此而意在彼，令人回味无穷。有人以为这首词"肝肠似火，色貌如花"，也可说词人"心有猛虎，寄于蔷薇"，于美人芳草中寄寓豪健悲壮之慨。

吟诵这首《摸鱼儿》，总能感觉到在那层婉约含蓄的外衣之内，有一颗火热的心在跳动，这就是辛弃疾学蜘蛛那样，为国家殷勤织网的一颗耿耿忠心。

 **相关链接**

《西江月·遣兴》《阮郎归·山前风雨欲黄昏》

 **名句推荐**

千金纵买相如赋，脉脉此情谁诉？

 **阅读与欣赏**

14. 水调歌头

（南宋）陈亮

不见南师①久，漫说北群空②。当场只手③，毕竟还我万夫雄④。自笑堂堂汉使，得似⑤洋洋⑥河水，依旧只流东。且复⑦穹庐⑧拜，会向藁街⑨逢。

尧之都，舜之壤，禹之⑩封。于中应有，一个半耻臣戎⑪。万里腥膻⑫如许，千古英灵安在，磅礴几时通？胡运⑬何须问，赫日⑭自当中。

已经很久不见南方的军队去北伐，金人就狂言中原的人才已一扫而空。当场伸出手来力挽狂澜，终究还要归还我气压万夫的英雄。自笑身为堂堂的大汉民族的使节，居然像河水东流一般，朝拜金人。暂且再向敌人的帐篷走一遭，待到征服敌虏，将在蒿街与他们相逢。

这是唐尧建立的城都，是虞舜开辟的土壤，是夏禹对疆域的分封。在这当中应有一个半个知耻的臣子站出来保卫国家。万里河山充斥着金人游牧民族的腥膻之气，千古以来的爱国志士的英灵何在，浩大的抗金正气什么时候才能伸张畅通？金人的命运用不着多问，我朝正像光辉灿烂的太阳照耀在空中。

了解字词

① 师：军队。② 北群空：指有才干的人物被选拔走。韩愈《送温处士赴河阳军序》中有"伯乐一过冀北之野，而群马遂空"。③ 只手：指独当一面。④ 万夫雄：指俊杰之才。⑤ 得似：难道像。⑥ 洋洋：形容水盛大的样子。《诗经·硕人》中有"河水洋洋"。⑦ 且复：姑且再次。⑧ 穹庐：北方少数民族居住的圆形帐篷。⑨ 蒿街：汉代长安街名，外族使臣居住的地方。《汉书·陈汤传》载，陈汤出使西域，斩匈奴郅支单于，疏清"悬颈蒿街"。⑩ 封：封疆。⑪ 戎：古代对少数民族的蔑视。耻臣戎：指以向金称臣为耻。⑫ 腥膻：指牛的腥臊气，指中原被金人盘踞。⑬ 胡运：金人的命运。⑭ 赫日：烈日。

认识作者

陈亮（1143—1194），原名汝能，后改名亮，字同甫，号龙川，学者称龙川先生。婺州永康（今属浙江）人。宋光宗绍熙四年（1193年），时陈亮51岁，状元及第。授签书建康府判官公事，未行而卒，年五十二。追谥"文毅"。

陈亮提倡"实事实功"，有益于国计民生，反对理学家空谈"尽心知性"。他力主北伐抗金，曾多次上书朝廷，反对"偏安定命"，倡言统一大业。他的爱国词作能结合政治议论，自抒胸臆，曾自言其词作"平生经济之怀，略已陈矣"。所作政论词气势纵横，词风豪放，有《龙川文集》《龙川词》。

宋孝宗淳熙十二年(公元1185年),作者的好友章德茂,时为大理寺少卿,试户部尚书,奉命出使金国,贺金国皇帝完颜雍生日。作者写这首词为他送行。他要说什么呢?

首先,告诫金人,莫欺我朝中无人。"不见南师久,漫说北群空",伯乐一过冀北,骏马为之一空,我王师虽久已不跟金兵交战,骁勇善战之士如骏马一般饲于马厩,蓄势待发。你等蛮夷休要藐视我朝无将无才,肆无忌惮。

接着,激情满怀地鼓励使者,不惧威慑,不辱使命。"当场只手,毕竟还我万夫雄",既然出使,应以骏马纵横驰骋的气势,只手擎天,独当一面,显出英雄本色,扬我泱泱大汉之威。"还我",以往受辱,现在要一雪前耻,恢复我朝的威势。"我堂堂汉使",竟要向"胡虏"屈膝承欢,拜贺生辰,岂能甘心!但胡强汉弱,却只能忍气吞声。"自笑"是自我解嘲,暗喻不忿,"依旧"表明屈辱已久,恨声激烈。以"得似"的反诘句式表示不堪其辱,句意跌宕,借以转折过渡到下文"且复穹庐拜,会向藁街逢"。暂且忍辱负重,再去金人的帐篷拜会一次,心里想着有朝一日,我们奋击金寇,将驻我京城的贼子枭首示众,一举剿灭金兵,是何等淋漓痛快。"且",是暂时忍受,是"屈";"会",表明决心,有展望,是"伸"。"藁街"的典故,仿佛呈现出敌人被枭首示众的情景。忍一时之辱,他日终会伸张我朝的尊严正义,恢复故土,一统山河。对章森出使给予期许与支持,是全词的主心骨。

最后,从更宏大的角度从侧面进一步激发勖勉章森。

"尧之都,舜之壤,禹之封",尧、舜、禹是上古时代的贤明帝王,他们的传说至今流传。在他们的精神感召下,千百年来华夏儿女继往开来,开疆拓土,繁衍不息,多么令人自豪。现在,继承了他们疆土和基业的子孙呢,难道能眼看着这大好河山沦落金人之手,致使山河分裂? 总有一些耻于对戎狄称臣的血性汉子吧?"万里腥膻如许,千古英灵安在",胡人腥膻弥漫在中原大地,令人掩鼻欲吐,英雄豪杰安在,祖先的英灵安在? 正义、国运什么时候才能波澜壮阔地伸张?"安在""及时"是一连串急切的诘问,矛头直指苟且偷安的主和派和奸佞。任国土分裂,不思进取,不顾江山社稷,只图个人安危,苟且求生,此乃千古罪人。令人想象词人此刻目眦尽裂,不胜愤慨!

"胡运何须问,赫日自当中。"大宋暗弱,称臣于金,主和派作梗,恢复中原的宏愿何时实现,前景堪忧。此时正面临使者忍辱使金,然作者没有悲观失望,消沉颓废,而是以无比的信心勉励章森,坚信胡人必不能长久,我大宋如烈日当空,不过暂时被乌云遮住了光芒。

这首词意气豪,声调壮,气吞山河。本为屈辱使金的消极行动,诗人却能独辟蹊径,以扛鼎之力吐尽爱国热血男儿胸中抑郁不平之气。读此词,令人血脉贲张,直想擂起隆隆战鼓,驰骋疆场,驱除胡虏,捍卫国土。

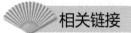 相关链接

《梅花》《点绛唇·咏梅月》

名句推荐

万里腥膻如许,千古英灵安在,磅礴几时通。

阅读与欣赏

15. 金陵驿①二首(其一)

(南宋)文天祥

草合离宫②转夕晖,孤云漂泊复何依!
山河风景元③无异,城郭人民半已非。
满地芦花和我老,旧家燕子④傍谁飞?
从今别却⑤江南路,化作啼鹃带血归。

诗词解意

夕阳下那被野草覆盖的行宫,我如同孤云漂泊,又能归向何处!
祖国的大好河山和原来没有什么不同,而城郭中居民多半已成了元朝的臣民。
满地的芦苇花和我一样老去,百姓流离失所,国亡无家可回。
现在要离开这个熟悉的故国家园了,就算活着不能南归,死后我的魂魄也要回

来守护着家国故土!

了解字词

① 本诗写于1279年,诗人战败被俘,押往大都(今北京),途经金陵(今南京)。此时南宋已亡,金陵已被攻破四年。② 离宫:即行宫,皇帝出巡时临时居住的地方。金陵是宋朝的陪都,所以有离宫。③ 元:同"原"。④ 旧家燕子:见刘禹锡《乌衣巷》的诗句"旧时王谢堂前燕,飞入寻常百姓家"。⑤ 别却:离开。

认识作者

文天祥(1236—1283),初名云孙,字天祥,后改字宋瑞,又字履善,号文山。庐陵(今江西省吉安市)人,南宋杰出的爱国诗人、民族英雄。宋理宗宝祐时进士;官至丞相,封信国公。文天祥后半生坚持抗元斗争,祥光元年(1278年)兵败被俘,元世祖以高官厚禄劝降,文天祥磊落坦荡,坚贞不屈。1283年1月从容就义,时年四十七。"人生自古谁无死,留取丹心照汗青"是他一生的光辉写照。文天祥与陆秀夫、张世杰被称为"宋末三杰"。

文天祥后期的诗风格慷慨激昂,苍凉悲壮,具有强烈的感染力。著有《文山先生全集》《文山乐府》《文山全集》等,流传后世的名篇有《正气歌》《过零丁洋》等。

本诗写于1279年的深秋,此时,南宋政权覆亡已半年有余,金陵亦被元军攻破四年之多。诗人被俘后,在被送往大都的途中经过金陵,抚今思昨,触景生情,留下了这首沉郁苍凉、寄托亡国之恨的泣血之篇。

品品滋味

荒草离披,断壁残垣,西风残照,满目苍凉。这战火洗劫后的金陵城,早已不复当年姹紫嫣红、金碧辉煌的模样。还是旧山河,但城阙中,衣冠已变,乡音已改。大宋的百姓多半亡的亡,逃的逃,哀鸿遍野,饿殍遍地。国破家亡,物是人非,触景伤情,怎不令人肝肠寸断,痛不欲生!

苍茫烟霭中,芦花的白絮正随风飘飞,很像我这如霜的鬓发吧?再看看那些风中低回盘旋的失巢的燕子,那不正是曾在无比尊荣的王导、谢安宅院飞进飞出的燕子吗?世事变迁,只得飞进寻常百姓家了。可如今,百姓们都流离失所,家园毁败,它们又将去何处寄身呢?燕子呢喃,这家国兴亡的沧桑沉痛,谁人能懂?

而诗人呢,江山易主,家国破败,正像头顶上这片孤云一样,何处又是他的归依啊?

看着这哺育大宋子民的故国山河,诗人万般不舍,不忍离去,但不得不离去。想起蜀国望帝魂化杜鹃的传说,作者相信那不只是传说,因为他早已经做好了准备:绝不屈辱求生,即便身死也要让一腔忠魂化成杜鹃回归到故国,永远守护故土。

这是一首用鲜血和生命写出来的诗篇。首联写景,抒写了作者的黍离之悲和孤独之感,颔联和颈联触景生情,抒发亡国之痛,尾联化用典故,表达了作者视死如归、以死报国的坚强决心。

 相关链接

《扬子江》《怀旧第一百八》

 名句推荐

满地芦花和我老,旧家燕子傍谁飞?从今别却江南路,化作啼鹃带血归。

 阅读与欣赏

16. 望阙台①

(明)戚继光

十年②驱驰海色寒,孤臣③于此望宸銮④。
繁霜尽是心头血,洒向千峰秋叶丹。

 诗词解意

在大海的寒波中,我同倭寇周旋已有十年之久,我站在这里,遥望着京城宫阙,心绪难平。

我的热血如同洒在千山万岭上的浓霜,把满山的秋叶都染红了。

了解字词

① 望阙(quē)台:在今福建省福清市,为戚继光自己命名的一个高台。戚在《福建福清县海口城西瑞岩寺新洞记》中记道:"一山抱高处,可以望神京,名之曰望阙台。"阙,宫阙,指皇帝居处。② 十年,指作者调往浙江,再到福建抗倭这一段时间。从嘉靖三十四年调浙江任参将,到嘉靖四十二年援福建,前后约十年。③ 孤臣:远离京师,孤立无援的臣子,此处是自指。④ 宸銮(chén luán):皇帝的住处。

认识作者

戚继光(1528—1588),字元敬,号南塘,晚号孟诸,卒谥武毅。祖籍安徽定远,生于山东济宁。明代著名抗倭将领、军事家。官至左都督、太子太保加少保。

1555年戚继光调浙江抵抗倭寇,他招募编练新军,人称"戚家军",为抗倭主力。自戚家军成立开始,他率军于浙、闽、粤沿海诸地抗击来犯倭寇,历十余年,终于扫平倭寇之患。后又在北方抗击蒙古部族内犯十余年,保卫了北部疆域的安全,促进了蒙汉民族的和平发展。

戚继光还是杰出的兵器专家和军事工程家,在武器改造和军事工程方面有极具特色的发明创造。

戚继光工诗文,善书法,有不少流传于世的书法作品。

品品滋味

"天皇皇,地皇皇,莫惊我家小儿郎,倭倭来,不要慌,我有戚爷会抵挡",这是明朝时期流传于东南沿海一带的民谣。倭倭,指日本倭匪。戚爷,是戚继光。这首民谣反映了当时的基本现实是,倭寇在东南沿海肆虐横行,何等猖獗。另一面,也表现了戚继光的抗倭斗争卓有成效,已成为当地受倭患侵害的百姓的保护神。

为了有效打击倭寇,戚继光从浙江义乌募集矿工和农民,编练戚家军,在浙江、福建、广东三省转战十年,终于歼灭日本海盗,解除了东南沿海的匪患,捍卫了国家民族的尊严。英雄之路常常是不平坦的,驰骋海域,抗御倭敌,十年来立下赫赫战功。然朝廷政治风云诡谲,前途叵测,又远离朝廷,抗倭斗争是那样的艰苦卓绝,戚继光不免有"孤寒""孤独无援"之憾。可遗憾不等于绝望,北宸虽远,命途乖蹇,戚继光始终"心怀魏阙",忠君报国的信念不但从未动摇,反是那一腔热血汪洋恣肆,一泻千里,如同那漫山遍野的秋叶被严霜染透。

本是失意之作,却毫无颓唐之色,少有怨望之言,一片赤诚,跃然纸上。原为登临送目,秀色满眼,竟而鼓荡起激情满怀。"封侯非我意,但愿海波平",也足证戚继光的一生,时刻以国家和民族安危为己任,驰海御敌、保卫海防、救民水火,而非追求个人功名。

所有的得失利害都可以不计,唯有忠心可掬,天地同鉴,这是何等崇高的思想境界!数百年来,在京北的长城沿线和浙闽沿海地区,修建了许多戚继光祀祠、塑像、碑刻、纪念馆,或亭台楼阁等纪念性建筑,它们不只铭刻了戚继光的英雄业绩,更是传承下爱国报国的品质和精神。

 相关链接

《过文登营》

 名句推荐

繁霜尽是心头血,洒向千峰秋叶丹。

 阅读与欣赏

17. 苔①

(清)袁枚

白日②不到处,青春③恰自来。
苔花如米小,亦学牡丹开。

诗词解意

青苔生长在阳光终年照不到的地方,但绿色的生命一样自然地生长。

苔藓的花儿虽然像小米粒那样小,但是也敢学花王牡丹的样子,尽情开放。

了解字词

① 苔:青苔。阴湿地方生长的绿色苔藓植物。② 白日:白天的阳光。③ 青春:绿色的生命。

认识作者

袁枚(1716—1797),清代诗人、散文家。字子才,号简斋,晚年自号仓山居士、随园主人、随园老人。汉族,钱塘(今浙江杭州)人。乾隆四年进士,历任溧水、江宁等县知县,有政绩,四十岁即告归。隐居于南京小仓山随园,吟咏其中。广收诗弟子,女弟子尤众。

袁枚倡导"性灵说",与赵翼、蒋士铨合称为"乾嘉三大家"(或江右三大家),又与赵翼、张问陶并称"性灵派三大家",为"清代骈文八大家"之一。文笔与大学士直隶纪昀齐名,时称"南袁北纪"。主要传世的著作有《小仓山房文集》《随园诗话》及《补遗》,《随园食单》《子不语》《续子不语》等。散文代表作《祭妹文》,哀婉真挚,流传久远,古文论者将其与唐代韩愈的《祭十二郎文》并提。

品品滋味

《苔》首先是一首关于青春的诗,然后才是一首励志诗。

青春来自于一处青苔。它身处阴暗僻静的角落,温暖明亮的阳光也从来不会惠顾它的。它是那样的小,小如米粒。它是微不足道的,人们常常视而不见,一脚踩上去,都没有知觉。只有多情的诗人才会去关怀它:"应怜屐齿印苍苔"。可是它活泼泼地生长了,那蓬蓬勃勃的绿意啊,不比任何花草逊色的。在油油的绿毯中,它竟又开出花来。花也小,毫不起眼,可是它勃发的生命力跟牡丹、海棠一样有尊严。这就是青春,源自于一簇小小的苔,小小的苔花。

苔没有自卑于自己的纤细低微,没有衰死于阴暗潮湿的恶劣环境,凭借坚强的生命活力,突破重重窒碍,傲然成长,绽放,焕发出生命的光彩。它没有牡丹的雍容华贵、国色天香,它有它的安然自在,率性自如,无需呵护,无需称赏。春去秋来,就那样顽强地、自在地生长,以另一种姿态装点着大地。

生命无所谓高贵低贱,都可以绽放出自己独有的美丽,活出自己的精彩。就像那些不知名的野花野草,就像这看似弱小的苔,无华的生命,一样可以开得执着,开得灿烂,把自身那微弱的能量全部释放出来,使得这个世界多一抹别样的色彩。

这首诗运用比喻、拟人的手法,借物说理,为卑弱者唱出生命自强的赞歌。

《温泉》《箴作诗者》《祭妹文》

苔花如米小,亦学牡丹开。

18. 赴戍登程口占示家人(其二)

(清)林则徐

力微任重久神疲,再竭衰庸①定不支。
苟利②国家生死以③,岂因祸福避趋之?
谪居④正是君恩厚,养拙⑤刚⑥于戍卒宜⑦。
戏与⑧山妻⑨谈故事⑩,试吟断送老头皮。

诗词解意

我能力低微而肩负重任,早已感到精疲力尽,以我衰老之躯、平庸之才,已不能支撑了。

如果对国家有利,我将不顾生死,难道能因有祸就躲避、有福就上前迎吗?

我被流放伊犁,正仰赖君恩高厚,当一名戍卒适宜,正好守分养拙。

我同老妻戏谈起杨朴和苏东坡的故事,说你不妨吟诵一下"这回断送老头皮"那首诗来为我送行。

了解字词

① 衰庸:意近"衰朽",衰老而无能,这里是自谦之词。② 苟利:郑国大夫子产改革军赋,受到时人的诽谤,子产曰:"何害!苟利社稷,死生以之。"(《左传·昭公四年》)诗语本此。③ 以:用,去做。④ 谪居:因有罪被遣戍远方。⑤ 养拙:犹言藏拙,有守本分、不显露自己的意思。⑥ 刚:正好。⑦ 宜:做一名戍卒为适当。这句诗谦恭中含有愤激与不平。⑧ "戏与"二句:作者自注,宋真宗闻隐者杨朴能诗,召对问:"此来有人作诗送卿否?"对曰:"臣妻有一首,云'更休落魄耽杯酒,且莫猖狂爱咏诗。今日捉将官里去,这回断送老头皮'。"上大笑,放还山。东坡赴诏狱,妻子送出门皆哭。坡顾谓曰:"子独不能如杨处士妻作一首诗送我乎?"妻子失笑,坡乃出。这两句诗用此典故,表达他的旷达胸襟。⑨ 山妻:对自己妻子的谦称。⑩ 故事:旧事,典故。

认识作者

林则徐(1785—1850),福建省侯官(今福州市区)人,字元抚,又字少穆、石麟,晚号俟村老人、俟村退叟、七十二峰退叟、瓶泉居士、栎社散人等,是清朝末期的政治家、思想家和诗人,官至一品,曾任湖广总督、陕甘总督和云贵总督,两次受命钦差大臣;因其主张严禁鸦片、抵抗西方列强的侵略,在中国有"民族英雄"之誉。1850年11月22日,在普宁老县城病逝。

海纳百川,有容乃大;壁立千仞,无欲则刚。此联为清末政治家林则徐任两广总督时在总督府衙题书的堂联。"海到尽头天作岸,山登绝顶我为峰"亦为传世名句。

41

晚清思想家魏源将林则徐及幕僚翻译的文书合编为《海国图志》，此书对晚清的洋务运动乃至日本的明治维新都具有启发作用。

 **品品滋味**

鸦片战争中，林则徐领导的禁烟运动，给予侵略者以沉重打击。也因禁烟运动，林则徐早遭诬陷被革职查办，随后又被遣戍伊犁。谪贬之时，与家人分别，倾诉衷肠，于是有了这首传世之作。

首联"力微任重久神疲，再竭衰庸定不支"，字面意思是说自己本就能力微薄，不堪重任，现在更加衰疲平庸，力不能支。这与孟浩然的"不才明主弃"、杜牧的"清时有味是无能"等诗句同一机杼。力微任重、衰庸不支是谦辞，作者的被褫职流放，并不是才具平庸、不能胜任的缘故，是另有他因，有不能明说的苦衷。

"苟利国家生死以"化用《左传·昭公四年》典故，郑国大夫子产，因改革军赋制度受到别人毁谤，他说："苟利社稷，死生以之。"假使有利于国家，即使因此而死也在所不惜。为了国家利益，不趋福不避祸，将生死置之度外，正是刚正无私的政治家的懿德风范。

"谪居正是君恩厚，养拙刚于戍卒宜"，按封建社会的惯例，臣子无论升黜奖罚，都要向君上谢恩。谪居，也要感谢皇恩浩荡，正欲借此机会，藏愚守拙，安守本分。"养拙刚于戍卒宜"是作者的自嘲之辞，其实，后来林则徐没有像失意的士大夫那样守拙躬耕，却以花甲之年、多病之躯，在伊犁兴办水利，垦荒屯田，为开发和保卫祖国边疆而贡献余力，证明他"魏阙心恒在，金门诏不忘"。写此诗后数日，林则徐《致姚春木王冬寿书》说："自念祸福死生，早已度外置之，唯逆焰已若燎原，身虽放逐，安能委诸不闻不见？"这段话正可作为这两句诗意最好的注脚。

尾联"试吟断送老头皮"，是从赵令畤《侯鲭录》中的一个故事生发而来——宋真宗时，访天下隐者，杞人杨朴奉召廷对，自言临行时其妻送诗一首云："更休落魄贪杯酒，亦莫猖狂爱咏诗。今日捉将官里去，这回断送老头皮。"皇上大笑，放他还山。后北宋东坡赴诏狱，妻子送出门，皆哭，坡顾谓曰："你难道不能如杨处士妻一样作一首诗送我么？"妻子失笑。即将奔赴戍途，分别是悲痛欲绝的，林则徐巧用此典，劝慰家人，化悲切为幽默，旷达中见风度。

一身正气，抗御外侮，未获朝廷封赏，反被谗毁发配，作者没有借此倾泄委屈和怨愤，在宽厚、幽默中透出一种雄健豪劲的英雄气。这是爱国者的襟怀，是政治家的韬晦，也体现了温柔敦厚的儒家诗教。

 相关链接

《赴戍登程口占示家人》(其一)

 名句推荐

苟利国家生死以,岂因祸福避趋之?

 阅读与欣赏

19. 赠梁任父①同年②

(清)黄遵宪

寸寸河山寸寸金,侉离③分裂力谁任?
杜鹃④再拜⑤忧天泪,精卫⑥无穷填海心!

 诗词解意

　　眼见这大好河山寸土寸金,如今四分五裂,山河破碎,谁能力挽狂澜?
　　我这颗心忧天下的拳拳之心啊,如杜鹃啼血哀痛不已,又如精卫填海一般坚毅不变!

 了解字词

　　① 梁任父:即指梁启超,梁启超号任公,父是诗人对梁的尊称,旧时"父"字是加在男子名号后面的美称。② 同年:旧时科举制度中,同一榜考中的人叫同年。③ 侉(kuǎ)离:这里是分割的意思。④ 杜鹃:传说中古代蜀国的国王望帝所化。

望帝把帝位传给丛帝，丛帝后来有点腐化堕落，望帝便和民众一起前去劝说丛帝，丛帝以为望帝回来夺取皇位，就紧闭城门，望帝没有办法，但他誓死也要劝丛帝回头，最后化成一只杜鹃进入城里，对着丛帝苦苦哀哀地叫，直到啼出血来死去为止。⑤ 再拜：先后拜两次表示恳切隆重。⑥ 精卫：古代神话中的鸟名，古代皇帝炎帝的女儿溺死在东海里，化为精卫鸟，经常衔石投入东海，要想把大海填平。

认识作者

　　黄遵宪(1848—1905)汉族客家人，字公度，别号人境庐主人，清朝诗人，外交家、政治家、教育家。黄遵宪出生于广东嘉应州，1876年中举人，历任驻日参赞、旧金山总领事、驻英参赞、新加坡总领事。戊戌变法期间署湖南按察使，助巡抚陈宝箴推行新政。黄遵宪是维新干将，也是出色的外交活动家，被誉为"近代中国走向世界第一人"。

　　黄遵宪工诗，提倡"诗之外有事，诗之中有人"，喜以新事物熔铸入诗，反帝卫国、变法图强是他诗歌的两大重要主题。论诗主张"我手写吾口"，要求表现"古人未有之物，未辟之境"，有"诗界革新导师"之称。长于古体诗，著有《人境庐诗草》《日本国志》《日本杂事诗》。

品品滋味

　　鸦片战争以来，西方列强迫使中国签订了不平等的条约，强占和"租借"了大量的领土。甲午海战后，又被迫签订了《马关条约》，再次割地。祖国的壮丽山河被列强瓜分豆剖，黄遵宪痛心疾首，"寸土寸金"既是对祖国大好河山弥足珍贵的赞美，也是对山河分裂的痛惜。大厦将倾，风雨飘摇，作者仰天长叹：谁能担起芟夷大难、力挽狂澜的大任呢？设问句透露出作者内心的焦灼、渴盼。

　　杜鹃，是传说中古代蜀国望帝魂化而成。望帝把帝位传给丛帝，丛帝后来腐化堕落，望帝便和民众一起前去劝说丛帝，丛帝拒之于城门之外。望帝无奈之下，化成一只杜鹃进入城里，对着丛帝苦苦哀叫，直到啼出血来死去为止。"忧天"出自《列子·天瑞》中"杞国有人，忧天地崩坠，身亡所寄，废寝食者"。再拜，表示态度的恳切隆重。

　　作者自比杜鹃，表达了作者愿意为国家像杜鹃一样啼叫哀求，诚挚呼唤栋梁之材，同仇敌忾，跃马挥戈，救亡图存。作者的拳拳爱国之心，跃然纸上。

　　精卫填海的传说中，精卫早已作为力量虽然微弱，斗志却极坚强的象征。《赠梁任父同年》是1896年黄遵宪邀请梁启超到上海办《时务报》时所写。作者借精卫填海典故,勉励梁氏,勉励爱国志士也是勉励自己——以杜鹃啼血那样的爱国赤诚,以精卫填海那样的坚定不移,为挽救民族危机而努力,鞠躬尽瘁,死而后已。

诗歌从赞美祖国大好河山起笔,以问句作结,又引出下文对爱国者的期许。后两句化用典故,伤国破碎之心、奋发救国之情融为一体,自然贴切。

 **相关链接**

《香港感怀》(其二)、《羊城感赋》(其五)

 **名句推荐**

杜鹃再拜忧天泪,精卫无穷填海心。

 **阅读与欣赏**

20. 渔父①
(战国)《楚辞》

屈原既放,游于江潭,行吟泽畔,颜色②憔悴,形容③枯槁。

渔父见而问之曰:"子非三闾大夫④与? 何故至于斯!"

屈原曰:"举世皆浊我独清,众人皆醉我独醒,是以见放⑤!"

渔父曰:"圣人不凝滞于物,而能与世推移。世人皆浊,何不淈⑥其泥而扬其波? 众人皆醉,何不哺其糟而歠其醨⑦? 何故深思高举⑧,自令放为?"

屈原曰:"吾闻之,新沐⑨者必弹冠,新浴⑩者必振衣;安能以身之察察⑪,受物之汶汶⑫者乎! 宁赴湘流,葬于江鱼之腹中。安能以皓皓⑬之白,而蒙世俗之尘埃乎!"

渔父莞尔⑭而笑,鼓枻⑮而去,乃歌曰:"沧浪⑯之水清兮,可以濯⑰吾缨⑱。沧浪之水浊兮,可以濯吾足。"

遂去⑲,不复⑳与言。

屈原遭到了放逐,在沅江边上游荡。他沿着江边走边唱,面色憔悴,容颜枯瘦。

渔父见到他,向他道:"您不是楚国的三闾大夫吗,为什么落到这地步呀?"

屈原说:"天下都是浑浊不堪只有我清澈透明(不同流合污),世人都迷醉了唯独我清醒,因此被放逐。"

渔父说:"圣人不死板地对待事物,而能随着世道一起变化。既然世上的人都肮脏,何不跟着一起搅浑泥水,扬起浊波?既然大家都迷醉了,何不随着众人既吃酒糟又大喝其酒?为什么想得过深,又自命清高,以至于让自己落了个放逐的下场?"

屈原说:"我听说,一个人刚洗过头一定要弹弹帽子,刚洗过澡一定要抖抖衣服。怎能让清白的身体去接触世俗尘埃的污染呢?我宁愿跳到湘江里,葬身在江鱼腹中。怎么能让晶莹剔透的洁白志行,蒙上世俗污浊的尘埃呢?"

渔父听了,微微一笑,起身摇起船桨。唱道:"沧浪之水清又清啊,可以用来洗我的帽缨;沧浪之水浊又浊啊,可以用来洗我的脚。"便悠然远去了,不再同屈原说话。

了解字词

① 父(fǔ):老人。② 颜色:脸色。③ 形容:形体容貌。④ 三闾(lǘ)大夫:楚国官职名,掌管教育楚国王族屈、景、昭三姓宗族子弟。屈原曾任此职。⑤ 是以见放:是,这。以,因为。见,被。⑥ 淈(gǔ):搅浑。⑦ 哺其糟而歠其醨:哺,吃。糟,酒糟。歠(chuò),饮。醨(lí),薄酒。⑧ 高举:高出世俗的行为。举,举动。⑨ 沐:洗头。《说文》中有"沐,濯发也"。⑩ 浴:洗身,洗澡。⑪ 察察:清洁,洁白的样子。⑫ 汶(mén)汶:污浊的样子。⑬ 皓皓:洁白的或高洁的样子。⑭ 莞尔:微笑的样子。⑮ 鼓枻:摇摆着船桨。鼓,拍打。枻(yì),船桨。⑯ 沧浪:水名,汉水的支流,在湖北境内。或谓沧浪为水清澈的样子。这首《沧浪歌》,亦名《孺子歌》,又见于《孟子·离娄上》,可能是流传于江浙一带的古歌谣。⑰ 濯:洗。⑱ 缨:系冠的带子,以两组系于冠,在颔下打结。⑲ 遂去:遂,于是。去,离开。⑳ 复:再。

认识作者

屈原(约公元前339—约公元前278),名平,字原,通常称为屈原,又自云名正则,字灵均,战国末期楚国丹阳(今湖北秭归)人,楚武王熊通之子屈瑕的后代。屈原历事楚威王、楚怀王、顷襄王，早年深受楚怀王信任，被任命为左徒、三闾大夫。屈原积极辅佐楚怀王变法图强，对外主张联齐抗秦，终因朝中群小排挤构陷，两次被流放。公元前278年，楚国郢都被秦军攻破，屈原在悲愤、绝望之下自投汨罗江。

屈原是中国文学史上第一位伟大的爱国诗人，开创了古代诗歌创作的浪漫主义先河。他创立了"楚辞"这种文体，突破了《诗经》的表现形式，后人将《诗经》与《楚辞》并称"风、骚"，成为中国诗歌史上现实主义和浪漫主义两大优良传统的源头。屈原被誉为"中华诗祖""辞赋之祖"。屈原和"楚辞"的出现，标志着中国诗歌进入了一个由集体歌唱到个人独创的新时代。

屈原的作品共有25篇，包括《九歌》《招魂》《天问》《离骚》《九章》《卜居》《渔父》等，其中《离骚》是屈原的代表作，也是中国古代文学史上最长的一首浪漫主义的政治抒情诗。

1953年，屈原被列为世界"四大文化名人"之一，受到全世界人民的尊敬和怀念。

品品滋味

全文以对话形式展开，分为三个层次。

第一层次的对话重点是，"何故至于斯？""举世皆浊我独清，众人皆醉我独醒。"

屈原是一个有抱负有远见的爱国志士，为了抵御别国的侵辱，实现楚国强国富民的理想，他提出了一系列改革措施，力谏联齐抗秦。然而，谗臣挑拨，混淆是非，屈原非但没得到重用，反多次遭到陷害，被流放远地。楚王昏聩，亲奸佞，远贤臣，致使国土被割，楚王被囚，楚都被攻破。"举世皆浊我独清，众人皆醉我独醒"是屈原悲愤之极的恨声。文章一开始就呈现出屈原惨淡的处境：颠沛流离，面容枯槁，神色憔悴，贤臣末路，心力交瘁。

第二层次的对话是全文的重点，渔父劝解启发，屈原坚执己志。

针对屈原的独立不羁，不与世俗同流，渔父用三个反问句启发屈原：要学习圣人不被外物阻滞，顺应时俗，引导屈原"淈泥扬波""餔糟歠醨"，走一条与世浮沉、远害全身的自我保护的道路。何苦要"深思高举"，苏世独立，以致为自己招来流放之祸呢？

对于渔父的"忠告"，屈原置之不屑，他以"新沐者必弹冠，新浴者必振衣"的两个浅近、形象的比喻，明确自己洁身自好、决不苟且妥协的态度。又以两个反问句，旗帜鲜明地表示自己"宁赴湘流"，不惜牺牲性命也要坚持自己高尚的理想情操，不愿意使自己纯洁的志行蒙上尘埃。屈原在《离骚》中也说过："亦余心之所善兮，虽九死其犹未悔！"追求理想的人格操守，至死不渝。

第三层次，渔父笑而不言，吟啸远去，留下悠远的情韵。《沧浪歌》的歌词却令人回味。水清，谓清世。水浊，谓浊世。无论水清水浊，皆可濯洗。无论清世浊世，皆可逍遥天地，洒脱自在。

渔父与屈原的对话，其实是身居江湖的隐士与身处庙堂的士大夫的对话，是两种不同的价值观和人生态度的对话。渔父代表了道家的隐士，顺应自然，和谐处世，是超然于世外的"烟波钓叟"。世人的清醒或昏醉与我无关，世道的动乱或治平亦与我无关。他通透人生，无拘无束，洁身自保，表现出了道家"万物之所由""得之者生""顺之则成"的虚静、无为之境。屈原代表了儒家的士大夫，心怀天下，志于经国济世，他的社会理想、政治信念、人格追求，不会因名利或任何外在的压力而动摇。屈原也代表了一个知识分子的独立、清醒、良知、理性和人文操守。

屈原的执着，渔父的旷达，这种看似对立的人生态度，其实是和而不同。渔父隐遁之道跟儒家"独善其身"之道有共通之处。文末屈原不听渔父的忠告，渔父也没有强加于人，以隐者的超然姿态心平气和地与屈原分道扬镳。并没有决出高下是非，因为本也无高下是非。然而，屈原"怀沙自沉"，践行了自己"伏清白以死直"的生命诺言，也是他对自己的人生价值取向做出的一个最悲壮也最崇高的抉择。王逸的《楚辞章句》评述屈原："膺忠臣之质，体清洁之性，直若砥矢，言若丹青，进不隐其谋，退不顾其命，此诚绝世之行，俊彦之英也。"其高尚的人格品质和坚贞的爱国情操影响了一代又一代中华儿女，与天壤同久，与三光永光。

相关链接

《国殇》《橘颂》

名句推荐

举世皆浊我独清，众人皆醉我独醒；
安能以皓皓之白，而蒙世俗之尘埃乎！
沧浪之水清兮，可以濯吾缨。沧浪之水浊兮，可以濯吾足。

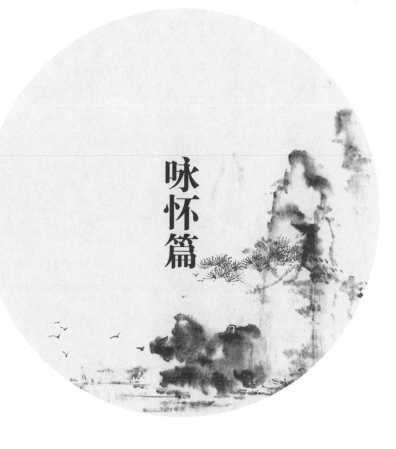

咏怀篇

阅读与欣赏

21. 桃夭

《诗经》

桃之夭①夭，
灼②灼其华。
之③子④于归⑤，
宜⑥其室家⑦。

桃之夭夭，
有蕡⑧其实⑨。
之子于归，
宜其家室。

桃之夭夭，
其叶蓁蓁⑩。
之子于归，
宜其家人。

诗词解意

桃树长得真好啊，
朵朵鲜花枝头挂。
这个姑娘出嫁了，
最是适合那夫家。

桃树长得真好啊，
果子结得多又大。

这个姑娘出嫁了，
最是适合那夫家。

桃树长得真好啊，
枝繁叶茂人人夸。
这个姑娘出嫁了，
最是适合那夫家。

了解字词

① 夭：茂盛。② 灼：鲜明光亮的样子。③ 之：指示代词，这。④ 子：人，这里指姑娘。⑤ 于归：出嫁。⑥ 宜：合适。⑦ 室家：家庭，这里是夫家。⑧ 蕡(fén)：草木果实繁盛硕大。⑨ 其实：其，代词，这里指桃树。实，果实。⑩ 蓁蓁(zhēn zhēn)：树叶繁茂。

认识篇目

这首诗是《诗经》中流传最广泛，最广为人知、脍炙人口的篇目之一。选自于《诗经·国风·周南》，为国风中周地的民歌。

这是一首女子出嫁时所唱的歌，表达了对女子出嫁的祝福，以及对这个姑娘的赞美。诗歌言简意赅，平淡中却表达了真挚、温暖的情意。

品品滋味

好诗能够让人过目不忘。《桃夭》就是这样的好诗。

诗歌三个小节，皆以"桃之夭夭"起，以"宜其家室"收。这是《诗经》中常用的复沓的修辞手法，每个部分或段落的句子基本相同，通过更换少数的词语，反复咏唱，形成一种回环美，从而起到突出意象、强调感情、分清层次、加强节奏的效果。这种修辞手法在后来的诗歌、戏曲等多种艺术形式中被广为运用。

诗歌表现的是对出嫁的姑娘深沉而真挚的祝福，希望她在婚后能够生活美满幸福，并给夫家带来好运。同时，诗歌以桃花、桃叶比喻这个临嫁的姑娘，热情地赞美了她的美貌，并以"有蕡其实"暗喻她不久的将来能够儿女成行。整首诗歌充满了健康、阳光、温暖的气息，也流露出人与人之间美好的善意和真诚的祝福，正如孔子评价《诗经》所说的那样，"诗三百，一言以蔽之，思无邪"。

《诗经·邶风·击鼓》

桃之夭夭,灼灼其华。之子于归,宜其室家。

阅读与欣赏

22. 芣苢

《诗经·周南》

采采芣苢①,
薄言②采之。
采采芣苢,
薄言有③之。

采采芣苢,
薄言掇④之。
采采芣苢,
薄言捋⑤之。

采采芣苢,
薄言袺⑥之。
采采芣苢,
薄言襭⑦之。

诗词解意

采啊采啊车前子，
快点快点来采它。
采啊采啊车前子，
快点快点采到它。

采啊采啊车前子，
快点快点来拾它。
采啊采啊车前子，
快点快点来捋它。

采啊采啊车前子，
快点快点装上它。
采啊采啊车前子，
快点快点兜住它。

了解字词

① 芣苢(fú yǐ)：车前子，草本植物，开淡紫色小花，叶子可以食用，果实可以药用。② 薄言：发语词，无实义。③ 有：占有，采到。④ 掇(duō)：拾取。⑤ 捋(luō)：用手掌成把地抹取东西。⑥ 袺(jié)：提着衣襟兜东西。⑦ 襭(xié)：把衣襟别在腰间兜东西。

认识篇目

这是一首表现采摘果实场景的小诗，欢快、明亮、优美。

品品滋味

劳动不仅是单调或艰辛的，同样，也有快乐与获得感。
事实上，自《诗经》开始，有大量的艺术形式来记载或表现劳动的欢愉。这首小诗写的是一群妇女采摘芣苢时的情景，我们甚至可以理解为，它就是田间妇女在采摘时随口而唱的歌谣。

"采采芣苢，薄言……"句子在不断的重叠中，产生了简单明快、往复回环的音乐感。

 相关链接

《诗经·七月》《诗经·采苓》

 名句推荐

采采芣苢，薄言采之。

 阅读与欣赏

23. 东门行

《汉乐府》

出东门，不顾归；
来入门，怅欲悲。
盎①中无斗米储，
还②视架上无悬衣。
拔剑东门去，
舍中儿母牵衣啼。
"他家但愿富贵，
贱妾与君共铺糜③。
上用④仓浪⑤天故，
下当用此黄口儿⑥，
今非！"
"咄⑦！行！吾去为迟！
白发时下难久居。"

 诗词解意

走出东门,原本不想回头,

一番踌躇,还是回到家中,唉! 让人悲愁啊!

瓦罐没有一斗米,

衣架没有一件衣。

拔剑再往东门去!

孩儿他娘把我留,哭哭啼啼不放手:

"人家富贵我不羡,

和你吃粥也甘愿。

上有青天下有儿,

三思而行不能做,

一时冲动铸大错!"

"去,去! 不要再拦我,再不走就迟了!

头上白发都掉了,这种日子没法活。"

了解字词

① 盎:器皿,一种口小腹大的瓦盆。② 还:回头。③ 铺(bū)糜:铺,吃。糜,粥。④ 用:为了。⑤ 仓浪:青色,这里指苍天,老天。⑥ 黄口儿:幼儿。⑦ 咄:象声词,呵斥的声音。

认识篇目

这首诗选自于《汉乐府》。

汉代的诗歌可以分为两部分,一部分是文人诗,著名的诗人有司马相如、张衡、班固等;一部分是乐府诗,多来自民间。汉代设立了乐府这一专门的机构,采集各地的歌谣,并加以整理、配乐,这类诗歌语言质朴、自然、生动,内容丰富,充满生命力。后来,人们把这类诗歌称之为"乐府诗",或"乐府"。乐府诗开创了民歌体的诗歌形式,并屡为后世诗人所效仿。

现存的汉乐府民歌有五六十首,《东门行》为其中一首。

品品滋味

这是一首反映底层人民苦难的诗，又是一首体现夫妻患难与共、展现人性光辉的诗。

主人公是一个为极度贫穷所迫，决定铤而走险的城市贫民。但这个"决定"也是不容易下的，历经几番犹豫、挣扎。诗歌的第一句本已说"不顾归"，但想想一旦走出这一步就将万劫不复，所以，忍不住还是回到家里。这是怎样的家？一个家徒四壁的家。所以，看到眼前已经活不下去的惨状，主人公狠狠心，还是决定去走那条做盗贼的路。这时，妻子出现了，苦苦相劝，但做丈夫在坐以待毙和铤而走险之间，还是选择了后者。这是一种多么无奈的选择，但又不得不如此，所以，从这个角度上看，这是一首悲苦的诗。

换一个角度看，这虽然是赤贫的家庭，夫妻之间却流露着暖暖的真情。丈夫为何要铤而走险？——为的是妻儿；已经走出东门，为何又要回来？——顾念，放心不下的是妻儿；妻子拉着他苦劝，为何还是要走？——为妻儿活下去而牺牲自己。同样，妻子对丈夫更是一片真情，她不愿丈夫走上那条绝路，于是，哭诉衷肠：他家但愿富贵，贱妾与君共铺糜！这是一种多么感人至深的深情，又是胜过多少甜言蜜语的告白。"执子之手，与子偕老"是需要担当的，患难与共是需要勇气的，而这位女主人公则用她的言行告诉了我们什么叫夫妻恩爱。

相关链接

《上邪》《陌上桑》《白头吟》

名句推荐

他家但愿富贵，贱妾与君共铺糜。

悦读时光

24. 杂诗二首(其一)

(三国·魏)曹丕

漫漫秋夜长,烈烈北风凉。

展转①不能寐,披衣起彷徨。

彷徨忽已久,白露沾我裳。

俯视清水波,仰看明月光。

天汉②回西流,三五③正纵横。

草虫鸣何悲,孤雁独南翔。

郁郁④多悲思,绵绵思故乡。

愿飞安得翼,欲济⑤河无梁⑥。

向风长叹息,断绝我中肠。

诗词解意

沉沉秋夜真是漫长,烈烈北风陡觉寒凉。

翻来覆去孤枕难眠,披衣出门四处彷徨。

不经意间过了很久,露水沾湿我的衣裳。

低头俯视水波清冷,抬头仰望明月朗朗。

银河已向西方转移,满天星斗交错成行。

草丛虫鸣如此悲伤,空中孤雁向南飞翔。

我心多么抑郁忧伤,绵绵不绝思念故乡。

想要飞回没有翅膀,想要渡河没有桥梁。

向着风儿一声长叹,肝肠寸断凄凄惶惶。

古典文学卷（上册）

了解字词

① 展转：翻来覆去。② 天汉：银河。③ 三五：二十八星宿中的心宿和柳宿。④ 郁郁(yù yù)：忧伤，心中有郁结的情思。⑤ 济：渡河。⑥ 梁：桥梁。

认识作者

曹丕，字子桓，沛国谯(今安徽省亳州市)人，著名的政治家、文学家，曹魏的开国皇帝，由于文学方面的成就而与其父曹操、其弟曹植并称为"三曹"。

东汉末年，以"三曹"为代表和领袖，聚集了一批文人，他们继承汉乐府民歌之长，强调情词并茂，以开阔博大的胸襟、直抒建功立业的豪情和积极向上的人生态度，形成了质朴刚健、慷慨悲凉的文风。后人因其鲜明的特征，称之为"建安文学"，并将其作品的艺术风格称之为"建安风骨"。这也是我国诗歌史上文人创作的第一个高潮。

曹丕是当时邺下文人集团的实际领袖。他创作的《燕歌行》(两首)是现存最早的文人七言诗；所著的《典论·论文》，是中国文学批评史上的重要著作。他的诗歌很好地继承了乐府诗歌的现实主义优良传统，同时又有所革新和发展，完成了纯粹的七言诗体，并创造了抒情为主、诗风清丽的艺术风格。

品品滋味

这首诗从形式上看，属于杂诗一类；从内容上看，是一首悲秋思乡的诗；从风格上看，比较典型地反映了建安文学"慷慨悲凉"的文风。

杂诗，是我国古典诗歌中比较常见的一个种类。李善注说："杂者，不拘流例，遇物即言，故云杂也。"可见，这类诗多是由具体的某件事物引发的感想，内容大多以游子思乡之类为主。

秋风萧瑟，草木衰减。所以，秋天总容易引起人们忧伤、悲观或消极的情绪。古往今来，悲秋诗不胜枚举。但这首诗又与一般悲秋诗不同，"烈烈""天汉""纵横""孤雁"等词所营造的气象体现了诗人不同凡响的胸怀和格局，从而有别于一般悲秋诗戚戚哀哀的小家子气。

北风萧萧，白露沾裳，银河西转，孤雁南翔。诗歌从视觉、触觉等不同的角度，着力体现了慷慨悲凉的氛围。这也是建安文学的基本特征。

59

 **相关链接**

《燕歌行》（二首）、《杂诗二首》（其二）

 **名句推荐**

彷徨忽已久，白露沾我裳；
草虫鸣何悲，孤雁独南翔；
愿飞安得翼，欲济河无梁。

阅读与欣赏

25. 山中问答

（唐）李白

问余①何意栖碧山②，
笑而不答心自闲。
桃花流水窅然③去，
别有天地非人间。

诗词解意

你问我为何住在苍翠青山，
我含笑不答心中悠然自喜。
看桃花逐水飘飘荡荡远去，
别有洞天又岂是人间能及！

了解字词

① 余:我。② 碧山:山色青葱翠绿。③ 杳(yǎo)然:指幽深遥远的样子。

认识篇目

李白的诗大多富有激情,像燃烧的火焰,而这一首却恬淡悠远,含蓄隽永,像叮咚的山泉,像袅袅的炊烟。

写这首诗的时候,李白隐居在湖北碧山的桃花岩,其时正值壮年。他是一个有隐逸情怀的诗人,少年时期就曾隐居岷山,但他内心又非常渴望得到社会的认可、朝廷的垂青。所以,一生矛盾、纠结,反映在诗歌的情绪上,大喜大悲都有。

而这一篇,则显得清新优雅,在李白的诗歌中间显得别具一格。

品品滋味

诗歌的题目叫"山中问答",实际上是有问无答。为什么要栖身在深山里?——笑而不答心自闲。没有回答,但从一个"笑"和"闲"字上,我们感受到了诗人恬然自安的快乐。

这种快乐来自于哪里? 第二联给出了具体的答案。

远看,是宁静的大山、苍葱的树木;近看,是桃花片片逐水而去。好一个世外桃源!《牡丹亭》中杜丽娘说,"一生儿爱好是自然"。这首诗向我们呈现的不正是这样一个既幽静脱俗,又生机盎然的自然之趣吗?

相关链接

《清溪行》《谢公亭》

名句推荐

桃花流水杳然去,别有天地非人间。

悦读时光

古典文学卷（上册）

26. 竹枝词九首(其七)

(唐)刘禹锡

瞿塘①嘈嘈②十二滩，
人言道路古来难。
长恨人心不如水，
等闲③平地起波澜。

 诗词解意

瞿塘两岸水流湍急险滩连连。
人们都说这条道路自古艰难。
可恨人心比这江水更加凶险，
无缘无故无中生有掀起波澜。

了解字词

① 瞿塘:长江三峡之一,以险要而闻名。② 嘈嘈(cáo cáo):象声词,形容水流之急。③ 等闲:无缘无故。

认识篇目

竹枝词本是一种流行于古代巴蜀一带的民歌,唐代诗人刘禹锡借用其形式,把它改造成文人的诗体,它既保留了浓郁的民歌色彩,又融入了文人的雅兴,对后代影响很大。

刘禹锡于唐穆宗长庆二年至长庆四年在夔(kuí)州任刺史,作《竹枝词》一组,共十一首。这是其中之一,是一首借景起兴、感慨世态人情的小诗。

品品滋味

借景抒情、借景述志,是古诗词常用的写作方法。

瞿塘,是人所共知的险要地段,也是著名的长江三峡之一。诗歌的前两句首先描绘了瞿塘峡之险。"嘈嘈"是水声,表现出长江在两岸大山的逼迮下,突围般的急流之状,"十二滩"犹言险滩之多,一个连一个,险峻得令人胆寒。

两句写景之后,作者突然笔锋一转,由江峡联想到世态人情——瞿塘峡虽然险要,但它是因为水流的过程中有石滩的阻隔,而人心啊,平地也会起波澜,无缘无故也可能生出是非。所以,相比起险峡,人心更是可怕。

两相比较中,凸显了人心莫测的险恶,令人读后印象深刻。

相关链接

《竹枝词九首》(其二)、《再游玄都观》。

名句推荐

长恨人心不如水,等闲平地起波澜。

阅读与欣赏

27. 淮上喜会梁川①故人

（唐）韦应物

江汉②曾为客,
相逢每醉还。
浮云③一别后,
流水十年间。

63

欢笑情如旧，
萧疏④鬓已斑⑤。
何因⑥北归去，
淮上⑦有⑧秋山。

诗词解意

你我曾经一起客居江汉，
每次相逢都是不醉不还。
浮云漂泊不意匆匆别过，
流水无声已是十年光阴。
故人重逢虽然欢笑如旧，
两鬓苍苍实在令人叹息。
为何不能与君相携而归？
淮水青山让人难以弃舍！

了解字词

①梁川：指梁州，位于陕西南部，属于汉水流域。② 江汉：江，长江；汉，汉水。③ 浮云：古人多以浮云比喻游子漂泊。④ 萧疏：纷乱、稀疏。⑤ 斑：花白。⑥ 何因：什么缘故。⑦ 淮上：淮河之滨，今江苏淮安市一带。⑧ 有：也有写作"对"。

认识作者

韦应物(737—790?)，陕西西安人。年轻时为玄宗侍卫，行为放荡不检，后来悔悟，发奋读书，先后出任滁州、江州、苏州等地刺史。他是中唐时期重要的山水田园诗人，诗歌以五言为主，在内容上多是通过描摹自然山水来寄托文人雅兴，也有少许反映人民疾苦的篇章。在艺术上，风格自然淳厚，诗中有人，语无虚设。白居易称其"高雅闲谈，自成一家之体"。

品品滋味

题目有"喜"字,喜在何处? 喜在故友重逢。孔子说,"有朋自远方来,不亦乐乎",这种快乐不能仅理解为好客,而是因为圣人在大部分时间里是寂寞的——曲高和寡,所以,心灵相通的知音来了,才会欣喜万分。诗人之喜也源于此,更何况是位来自家乡的老朋友。

故友重逢本应欢畅,但相顾之间,忽见彼此已是白发苍苍,又不禁令人黯然神伤,也将诗情推向岁月蹉跎、盛年易逝的深沉悲怆的境界。但中国文学的审美观是"乐而不淫,哀而不伤",可以寻乐,但不可恣肆;可以感伤,但不能绝望。所以,当朋友提出为何不和他一起回到故乡时,诗人说,舍不得回去啊,这里湖山优美,让人留恋。其实,此诗重点应在表现友情,而不在流连美景,最后两句理解为诗人挽留故友更妥。清代沈德潜《唐诗别裁》论及此诗尾联:"语意好,然淮上实无山也。"诗人本不是当真留心于山水,只是不忍分别,以山水为借口挽留,更见其深情。因此,这首诗不仅反映出积极、乐观的生活态度,也给读者留下了回味的余地,可谓余音袅袅。

从结构上看,诗歌跌宕起伏:先写昔日的快乐,再写别后的无奈,继而写重逢的喜悦,又写光阴催老的悲哀,最后以乐观的期许做结尾。从喜开始,以喜结束,然而中间一波三折,如丛峰起伏,读后既有绵密的厚实感,又给人留下旷远爽朗的余韵。

相关链接

《滁州西涧》《寄全椒山中道士》《夕次盱眙县》。

名句推荐

浮云一别后,流水十年间。

65

28. 江楼感旧

(唐)赵嘏

独上江楼思渺然^①，
月光如水水如天。
同来望月人何处？
风景依稀似去年。

诗词解意

独自登上江边小楼，情不自禁思绪悠长。
只见江月交相辉映，水天一色月舞流光。
当初曾经一同赏月，故人如今身在何方？
风景依稀好似去年，物是人非令我惆怅。

了解字词

① 渺然：悠远的样子。

认识作者

　　赵嘏(gǔ)，字承佑，楚州山阳(今江苏省淮安市楚州区)人，约生于唐宪宗元和元年(806年)。年轻时四处游历，出入豪门当过几年幕府。后回江东，居于润州(今镇江市)。会昌四年进士及第，其后，入仕为渭南尉。卒于任上。

　　赵嘏为人豪迈爽达，才华出众。他在《长安秋望》中有一句诗："残星数点雁横塞，长笛一声人倚楼。"杜牧因此而称他为"赵倚楼"，以此表达赏叹之意。赵嘏存诗二百多首，其中七律、七绝最多，也最为出色。

 品品滋味

从诗歌的题目看即为典型的咏怀诗。在一个清静、凉爽，而又寂寥的晚上，诗人独自登上江边的小楼。那么，他看到了什么，想到了什么？

他看到的是"月光如水水如天"。月光澄澈，仿佛江水的颜色，而江水因为受到月光的照耀，因此也呈现出温婉的月色，水、月相互辉映，浑然一体。月是静态的，江水是动态的，它们交相辉映，动态的水被月光抹上了恬淡的气质，月光又被流淌的水波赋予了灵动的色彩。正是动静结合，相得益彰。

由此，诗人想到的是"同来望月人何处？风景依稀似去年"，怀旧，感伤。风景和当年凭栏倚肩时很相像，只是物是人非，故人已远。于是，诗人独自面对着习习的江风，感受到一种淡淡的惆怅之意。诗的末尾也回应了诗歌开头"思渺然"的具体内容。

 相关链接

《长安秋望》《寒塘》

名句推荐

同来望月人何处？风景依稀似去年。

 阅读与欣赏

29. 六月廿七日望湖楼醉书(之五)

(宋)苏轼

未成小隐①聊中隐②，
可得长闲胜暂闲。
我本无家更安往③，
故乡无此好湖山。

67

没能隐居山林就先做个闲官，
长久的闲居远胜过暂时之闲。
我本浮萍无家还有哪里可去？
故乡可没有这样的好水好山！

 了解字词

① 小隐：古人有"小隐于野、中隐于市、大隐于朝"的说法；小隐指隐居山林。
② 中隐：介于大隐和小隐之间，在尘世中谋得一个无关轻重的职位，以便安身立命。③ 安往：去哪里。

 认识作者

苏轼是中国历史上最富盛名、成就最高、才华最为出众和全面的作家之一。

在苏轼所生活的北宋时期，他是唯一一个能在诗、词、文、书法这四方面同时达到超一流标准的文人。他的文章灵动畅达、挥洒自如，是"唐宋八大家"之一；他的诗歌端庄清新、浑然天成，风格独树一帜，与黄庭坚并称"苏黄"；他的词开豪放一派，或刚健雄浑，或深情绵邈，对后世有巨大影响，与辛弃疾并称"苏辛"；他的书法用笔既丰腴跌宕，又有天真烂漫之趣，自成新意，与黄庭坚、米芾、蔡襄并称"宋四家"。

他天性乐观豁达，性格豪迈直爽，为人不拘小节。他一生宦海浮沉，最远被贬到过海南，但不管面对怎样的逆境，他都能泰然处之，并热情地投入生活。

林语堂是这么评价苏轼的："苏东坡是一个秉性难改的乐天派，是悲天悯人的道德家，是黎民百姓的好朋友，是散文作家，是新派的画家，是伟大的书法家，是……这些品质之荟萃于一身，是天地间的凤毛麟角，不可数见的。而苏东坡正是此等人。他过得快乐，无所畏惧，像一阵清风度过了一生。"

 品品滋味

苏轼以"六月廿七日望湖楼醉书"为题，一口气做了五首诗，这是其中的第五首。
随遇而安不一定是消极的生活态度，在更多情况下，它是一种豁达、乐观的体

现。此诗所言即是。这首诗是苏轼初到杭州任通判时所作。虽身处他乡，但诗人很快从杭州城中发现了美与快乐。于是坦然吟诵出"我本无家更安往，故乡无此好湖山"的句子，足见其本性的乐观与从容。

世人大多眷恋故土，并因为这种私人化的情绪而拔高与故乡相关的事物，而苏轼与常人的不同，就是能够超脱这些庸常的认识，以更宽广的胸怀接纳、拥抱一切美好的事物，不带有一点点私见和偏见。面对美丽的西湖、起伏的山峦、繁荣的街市，苏轼由衷喜爱，并溢于言表。甚至老实地承认"故乡无此好湖山"。可是，故乡的人们会因此而责难苏轼吗？我看不会。恰恰相反，他们会为巴山蜀水孕育出这样一颗自由、开放、伟大的诗魂而骄傲。

 **相关链接**

苏轼所有的诗、词、文；《苏东坡传》（林语堂）

 **名句推荐**

我本无家更安往，故乡无此好湖山。

 **阅读与欣赏**

30. 定风波

（宋）苏轼

三月七日沙湖道中遇雨。雨具先去，同行皆狼狈，余独不觉。已而遂晴，故作此。

莫听穿林打叶声，
何妨吟啸且徐行。
竹杖芒鞋①轻胜马，
谁怕？

一蓑烟雨任②平生。

料峭③春风吹酒醒，
微冷，
山头斜照却相迎。
回首向来④萧瑟⑤处，
归去，
也无风雨也无晴。

诗词解意

别听它穿林打叶的雨声，
且让我吟唱着信步而行。
竹杖草鞋比骑马还轻快，
怕什么？
一身蓑衣斗笠，任它风吹雨打这一生。

微寒的春风把酒意吹醒，
有点冷，
山头的斜阳迎面而来，天已放晴。
回头看看这一路风风雨雨，
回去吧！
无所谓风雨，也无所谓天晴。

了解字词

① 芒鞋：草鞋。② 任：任由。③ 料峭：风寒袭人，使人战栗的样子。④ 向来：先前，原来。⑤ 萧瑟：风雨吹落的声音。

 **认识篇目**

这大概是名气最大的一首《定风波》。苏轼在这首词中,比较集中地体现了他从容、淡定、豁达的人生态度,读后令人肃然起敬。

这首词是苏轼被贬到黄州后的第三年所作。当时,苏轼要在离黄州东南三十里的沙湖买田置地,所以前去沙湖察看,路上忽逢大雨,同行的人因没带雨具,都四处奔逃,很是狼狈。独有苏轼不为风雨所惧,昂首挺胸,安步当车,泰然处之。

因为有所感,回来后,苏轼写下了这首词。

 **品品滋味**

趋利避害是人的本性。但是,当你遇到无法避防的困境又该怎样? 于是,就有了"泰山崩于前,而色不衰"的祖训,就有了我们眼前的这首小词。

在这首小词里,既有泰然自安的从容,又有生机盎然的自信,还有冷静客观的思考,甚至还有点儿令人钦佩的英雄主义。

猝不及防,突然遇上一场大雨,诗人没有抱怨,更没有抱头鼠窜。而是甩开胳膊,面对雨丝风片,一边大声歌唱,一边继续前行。这就是从容。

风雨中,不去羡慕那些撑伞的人、骑马的人、坐轿的人。穿着一双草鞋,挂着一根竹竿,安步当车,多么轻快自如! 这就是自信。

很多人面对风雨来袭,总会不自觉地抱怨、埋怨。可是,你看诗人,安然若素地走了一段,抬头一看,山那边太阳已是迎头照来,温暖、和煦。所以,所谓的风雨和晴天,都不过是旅途的一部分而已,它们都只是暂时的,而不是恒定不变的。这就是理性的思考。

"莫听""谁怕""也无",这些词则足见作者的性情,乐观与自信中,甚至带有一点挑战的色彩。由此,我们也不禁想到张志和"斜风细雨不须归"的句子——它们都是人类英雄气概的体现。

 **相关链接**

《江城子·密州出猎》

竹杖芒鞋轻胜马，谁怕？一蓑烟雨任平生。

阅读与欣赏

悦读时光

古典文学卷（上册）

31. 登快阁

（宋）黄庭坚

痴儿①了却②公家事，
快阁③东西倚晚晴。
落木千山天远大，
澄江一道月分明。
朱弦④已为佳人绝，
青眼⑤聊⑥因美酒横。
万里归船弄长笛，
此心吾与白鸥盟⑦。

诗词解意

我本非治国的大才，只能草草办完公事，
趁着此时夕阳西下，登上快阁放松心情。
举目远望万木萧条，群山连绵天地阔大。
迤逦赣江水波清澈，明月映照格外分明。
故人早已离我远去，从此再无弹琴雅兴，
只有见到杯中美酒，眼中才有喜悦之情。
真想立刻登上归舟，一路吹笛回到家乡，

72

在那里与白鸥做伴，逍遥自在是我真心。

了解字词

① 痴儿：无知、平庸的人，这里是诗人自指。② 了却：完成。③ 快阁：在今江西泰和县，此诗为作者任泰和令时所作(1082年)。④ 朱弦：这里指琴。典故出自《吕氏春秋·本味》。⑤ 青眼：黑色的眼珠在眼眶中间，青眼指正眼看人，表示对人的喜爱、重视，或尊重。典故出自《晋书·阮籍传》。⑥ 聊：姑且。⑦ 白鸥盟：后人以与鸥鸟盟誓表示毫无机心，这里是指无利禄之心，借指归隐。典故出自《列子·黄帝》。

认识作者

黄庭坚(1045—1105)，字鲁直，号山谷道人，江西分宁(今修水县)人，北宋著名文学家、书法家，是北宋时期江西诗派的代表。

黄庭坚自幼聪颖过人，读书数遍就能背诵。据说，七岁即能做出"多少长安名利客，机关用尽不如君"这样的诗句，被视为神童。在他青年时期，诗词受到苏轼的赞赏，并受教于苏轼，与张耒、晁补之、秦观等合称为"苏门四学士"。

他的诗歌力求新意，号称"以俗为雅，以故为新"，善于谋篇琢句，擅长化用典故。人们论及宋诗，每以"苏黄"并称，可见其艺术成就。苏诗气象阔大，如长江大河，风起云涌，自成奇观；黄诗气象森严，如危峰万仞，拔地而起，令人观之可畏。黄庭坚著有《山谷词》，其书法亦独树一帜，为"宋四家"之一。

写这首《登快阁》时，黄庭坚任江西泰和县知县，当时38岁。

品品滋味

这是一首清新流畅的抒情小诗。开头两句自然亲切，娓娓道来，介绍作这首诗的由头：做完官差，在傍晚时分，登上快阁，放松一下心情。三、四两句写景，描写了居高远望的景象：秋高气爽、天地辽阔、山高水澈，同时遵循了颔联对仗的原则。五、六两句抒情，表达了寂寥旷远的幽思。尾联两句是诗意的延伸和落脚点，此情此景，诗人想做什么？想踏上小船，伴着长笛，归隐山林。可谓余音袅袅。

诗歌大量地运用和化用典故，体现了山谷诗善于用典的特点。首联"痴儿"用的是《晋书·傅咸传》里的典故，"倚晚晴"化用了杜甫《缚鸡行》"注目寒江倚山阁"的句子；颈联的"朱弦"，典故出自《吕氏春秋·本味》，"青眼"的典故出自《晋书·阮籍传》;尾联"白鸥盟",典故出自《列子·黄帝》。

　　这首诗写景抒情,情景交融;用典写意,不着痕迹;气象远大,情境开阔,是宋诗中的上品之作。

 相关链接

《雨中登岳阳楼望君山》《寄黄几复》《鄂州南楼书事四首》

名句推荐

落木千山天远大,澄江一道月分明。

阅读与欣赏

32. 戏答元珍

(宋)欧阳修

春风疑不到天涯,
二月山城未见花。
残雪压枝犹有桔,
冻雷①惊笋欲抽芽。
夜闻归雁生乡思,
病入新年感物华②。
曾是洛阳花下客,
野芳虽晚不须嗟③。

诗词解意

我怀疑春风吹不到这海角天涯，
早春二月山城仍不见鲜花绽放。
残雪积压的枝头还有颗颗冬桔，
春雷惊醒了竹笋急着破冰发芽。
夜半归雁声声唤起我无尽乡愁，
新年久病未愈勾起我伤春感发。
想我也曾在洛阳赏过奇花异草，
野花开放虽迟却不必感叹惊讶。

了解字词

① 冻雷：春雷。 ② 物华：自然景物。 ③ 嗟：惊讶。

认识作者

欧阳修（1007—1072），字永叔，号醉翁，晚号六一居士，谥号文忠，世称欧阳文忠公。江西吉安永丰县人，因吉安原属庐陵郡，所以，他常以"庐陵欧阳修"自居。北宋政治家、文学家、史学家，"唐宋八大家"之一。

欧阳修幼时家贫，4岁丧父，母亲用芦荻教他认字。24岁中进士后，步入仕途。先后任滁州、扬州、颍州、应天等地太守，后官至参知政事、刑部尚书、兵部尚书。

在文学上，欧阳修是北宋诗文革新运动的代表，他强调文以载道，认为道是金玉，文是形式，他还强调文章要反映现实生活，为现实的政治生活服务。

他还曾以翰林学士的身份主持过进士考试，选拔录取了苏轼、苏辙、曾巩等一批优秀的青年才俊，可谓慧眼识珠。

这首诗是诗人被贬为峡州县令时，朋友丁元珍（时为峡州军事判官）写了首《花时久雨》的诗给他，欧阳修便写了这首作答。

品品滋味

这是一首贬谪诗，但表现的却不仅是感伤或委屈。残雪未尽，但橘树上还挂着一个个金桔；冬雷阵阵，但地下的竹笋已经酝酿力量，准备破冰发芽，这些都表现了作者乐观的精神。

当然身处异乡的诗人到底是想家的,听到雁声,勾起了思乡之情;身患小疾,也引起了伤春之意。但他宽慰自己:曾是洛阳花下客,野芳虽晚不须嗟。春天来得晚一点又有什么要紧的? 它终究会来,何况我曾经是洛阳的花下之客,什么没见过呢?

人在失意或低潮的时候,要能不堕青云之志,乐观积极,这样更能显示出人的风骨。

相关链接

《减字木兰花·已卯儋耳春词》(苏轼)

名句推荐

春风疑不到天涯,二月山城未见花。

阅读与欣赏

33. 七夕

(宋)杨朴

未会①牵牛意若何,
须邀织女织金梭。
年年乞与人间巧,
不道②人间巧已多。

诗词解意

真不知牵牛是怎么想的,
每年总请织女穿梭织锦。

年年让人间乞得智巧,
岂不知人间的巧事本就够多的了!

了解字词

① 未会:不明白。② 不道:岂不知道。

咏怀篇

认识作者

杨朴,字契元,自号东里逸民。宋朝河南新郑人。好学,善诗,天性恬淡孤僻,不愿做官,终生隐居农村。常独自骑牛游赏,往来于县境东里、郭店间。曾独自潜入嵩山险绝处,构思成文100多篇。后来,他的好朋友毕士安向太宗皇帝举荐他,太宗爱其才,想授官任用,杨朴坚辞不受,作《归耕赋》以明志。太宗只好赠给束帛使他还乡。

杨朴的诗歌俊逸潇洒,语言质朴精炼,多描写自然景色和隐逸之趣。著有《东里集》。《宋史》著录《杨朴诗》一卷,均佚;《全宋诗》录存其诗六首。

品品滋味

七夕节,又名乞巧节、七巧节。相传是牛郎织女一年一度相会的日子,民间的女子这一天向织女献祭,祈求自己能够心灵手巧、获得美满姻缘的节日,这就是"乞巧"这名称的来源。

诗人借此典故,忽然宕开一笔,"年年乞与人间巧,不道人间巧已多"。织女啊,你年复一年地满足人们乞求智巧的愿望,殊不知人间的智谋奸巧已经够多了。这是文学创作中典型的老调新弹、反弹琵琶、借题发挥——借用一个司空见惯的习俗,写出新意。这里是讽刺那些惯于算计、处心积虑的人。

相关链接

《莎衣》

名句推荐

年年乞与人间巧,不道人间巧已多。

34. 夏日登车盖亭

（宋）蔡确

纸屏①石枕竹方床，
手倦抛书午梦长。
睡起莞然②成独笑，
数声渔笛在沧浪③。

诗词解意

纸屏风、青石枕、竹方床，
懒读诗书，白日睡一场。
醒来莞尔一笑，神清气爽。
耳边隐约听得，几声渔笛江湖上。

了解字词

① 纸屏：用藤皮茧纸糊的屏风。② 莞（wǎn）然：形容微笑。③ 沧浪：本指水的青苍色，这里指江湖。

认识作者

蔡确，字持正，福建晋江人，嘉祐四年（1059年）进士，宋神宗时任宰相。王安石变法的主要支持者之一。

这首诗是作者从宰相位被贬到安州时所作，车盖亭位于安陆西北的涢水西岸。诗人游览此处，共写下十首绝句。后有人故意曲解这几首诗，上奏朝廷。其后不久，蔡确客死新州。

品品滋味

　　这首诗着意刻画了作者贬官之后意态慵懒、淡泊自适的生活状态。同时,也流露出对官宦生活的厌倦,以及对隐居生活的向往。

　　夏日里,枕着石枕,躺在竹床上,随手翻翻书,这是一种惬意的生活,但也反映了被贬后的诗人官冷事闲,无所事事,只能以读书消闲。"数声渔笛"则透露出诗人的归隐之意。渔樵,向来暗指隐逸之士。

　　诗歌写得委婉深切,令人怡然心清。

相关链接

　　《夏日登车盖亭》其五、其六、其八,《春日》

名句推荐

　　睡起莞然成独笑,数声渔笛在沧浪。

阅读与欣赏

35. 闲居初夏午睡起

（南宋）杨万里

　　梅子留酸软齿牙,
　　芭蕉分绿①与窗纱。
　　日长睡起无情思②,
　　闲看儿童捉柳花。

 **诗词解意**

吃个梅子酸得几乎倒了牙，
芭蕉绿影依稀映上了窗纱。
白昼渐长恍恍惚惚刚睡醒，
闲来无事且看儿童捉柳花。

了解字词

① 分绿：将绿色映照在某处。② 情思：情绪。

认识作者

杨万里，字廷秀，号诚斋，江西吉安吉水县人，南宋杰出诗人。绍兴二十四年（1154年）中进士，先后任职国子博士、吏部员外郎、左司郎中、秘书少监等。他的诗歌构思心巧，语言浅白，清新自然，又富有幽默情趣，时称"诚斋体"。杨万里与尤袤、范成大、陆游合称南宋"中兴四大诗人""南宋四大家"。

品品滋味

诗歌语言明白如话，风格清新淡雅，整体极具画面感，洋溢着浓浓的生活气息。

梅子、芭蕉、窗纱、日长、柳花，这些具有时令特点的事物铺排一起，既应和了题目的"初夏"二字，也体现了"闲"情，流露出作者心闲体安、百无聊赖的生活之趣。

饭后吃一点新鲜的梅子，然后美美地睡上一个午觉，醒来周边一片宁静，睁开惺忪的睡眼，看看外面，碧绿而宽大的芭蕉叶在窗前轻轻摇摆，闲适中透着自得、懒散。而儿童捉柳花的画面是影借之法，表达了诗人对充满活力生活的向往。原来，诗人看似享受闲情，其实也是不甘寂寞的。

 **相关链接**

《新柳》《夏夜追凉》《初入淮河四绝句》

日长睡起无情思,闲看儿童捉柳花。

阅读与欣赏

36. 望海潮

(宋)秦观

梅英①疏淡,
冰澌②溶泄,
东风暗换年华。
金谷俊游③,
铜驼④
新晴⑤细履平沙。
长⑥记误随车。
正絮翻蝶舞,
芳思⑦交加。
柳下桃蹊,
乱分春色到人家。

西园夜饮鸣笳⑧。
有华灯碍⑨月,
飞盖妨⑩花。
兰苑未空⑪,
行人渐老,
重来是事堪嗟。
烟暝⑫酒旗斜。

81

但倚楼极目，
时见栖鸦。
无奈归心，
暗随流水到天涯。

 诗词解意

梅花日渐稀疏褪色，
冰雪也在消融，
东风吹拂中悄悄更换了季节。
想起以前金谷园畅游，
巷陌，铜驼巷漫步，
趁着雨后初晴，踏着细软的沙土。
总是把别人的香车认错。
那时节柳絮翻飞、粉蝶轻舞，
引得人春情起伏。
看那柳荫下桃花小径，
将乱纷纷的春色送到千家万户。

晚间在西园宴饮，吹奏起悠长的胡笳。
可惜缤纷的明灯遮蔽了月光，
飞驰的车盖碰落了繁花。
园中百花尚未凋谢，
远行游子已生白发，
重游故地往事不胜感慨。
暮霭沉沉远望酒旗斜挂。
独自凭栏远眺，
见那鸦雀盘旋归巢。
油然而生的归心啊，
暗自随波逐流到天涯。

悦读时光

古典文学卷（上册）

了解字词

① 梅英：梅花。② 冰澌(sī)：冰块流融。③ 俊游：兴致盎然地游玩。④ 铜驼：指洛阳城中的铜驼巷。三国时魏明帝从长安把西汉武帝时铸造的一对铜驼迁至洛阳，因此得名。⑤ 新晴：天刚放晴。⑥ 长：总是。⑦ 芳思：春思。⑧ 鸣笳：吹奏胡笳。⑨ 碍：遮掩。⑩ 妨：碰损。⑪ 空：凋谢。⑫ 烟暝(míng)：烟霭弥漫的黄昏。

认识作者

秦观(1049—1100)字太虚，又字少游，别号邗沟居士，世称淮海先生。北宋时期江苏高邮人，元丰八年进士及第，官至太学博士、国史馆编修。秦观一生仕途坎坷，所写诗词，高古沉重，寄托身世，颇多伤感，悱恻动人。

苏轼曾称其"有屈、宋姿"。与当时黄庭坚、晁补之、张耒同游苏轼之门，人称"苏门四学士"。词属婉约一派，存《淮海集》四十卷，另有《淮海词》单刻本。

品品滋味

这首词是诗人被贬、即将离京时所作，而作者在词中所怀想的地方是洛阳，所以《淮海词》中所录的这首词名为"洛阳怀古"。

回忆往昔是全篇的重点，而落脚之处是最后一句：无奈归心，暗随流水到天涯，表达了归隐之心。

这首词开篇先写眼前之景，通过感慨岁月流转，自然界的变化，暗指人事沧桑、政局变化。"金谷俊游"以下十一句，写的都是往昔旧游的情景。金谷俊游、细履平沙、误随香车、西园夜饮……这些都是曾经青春年少、纵情欢乐的美好回忆。而这些喧嚣的往事正与当下的寂寞冷清(梅英疏淡、时见栖鸦)形成了鲜明的对比。所以，也难怪诗人顿生归隐之心了。

相关链接

《水龙吟》《鹊桥仙》

1. 柳下桃蹊,乱分春色到人家。2. 无奈归心,暗随流水到天涯。

阅读与欣赏

37. 临江仙·夜登小阁忆洛中旧游

(宋)陈与义

忆昔午桥①桥上饮,坐中多是豪英。长沟②流月去无声。杏花疏影里,吹笛到天明。

二十余年如一梦,此身虽在堪惊。闲登小阁看新晴③。古今多少事,渔唱起三更④。

诗词解意

回想当年,洛阳午桥畅饮,高朋满座,荟萃群英。彼时月映长河,流水寂静无声,淡淡的杏花暗影中,吹起悠悠竹笛直到天明。

二十年来,世事恍然如梦,劫后余生,令人心惊。此刻闲来登楼,远望新雨初晴。遥想古今多少沧桑,化入夜半袅袅的渔歌。

了解字词

① 午桥:洛阳的一个地方,位于城南。② 长沟:长河。③ 新晴:雨后初晴。
④ 三更:深夜。

认识作者

　　陈与义，字去非，号简斋，北宋末南宋初诗人。他平生创作诗歌最多，约600首，词仅18首。但后人认为他的词特点类似苏东坡，"词虽不多，语意超绝"（南宋·黄升）。

　　这首词是陈与义晚年隐居湖州青墩镇寿圣院僧舍时所作。诗人回忆起二十年前在洛阳城中，一派太平盛世，而此时却国破家亡，自己也流亡浙江乡下，流离失所，于是感慨万分。

品品滋味

　　这首词是诗人晚年之作，感慨国破家亡，昨是今非。

　　上阕追忆洛中旧游。当年国家安定，一群志同道合的朋友相聚一起，纵情畅饮，可谓良辰美景，赏心乐事。余兴未了，甚至可以吹笛到天明。

　　下阕起句"二十余年如一梦"，一下从对往事的追忆中回到当前，二十年间，发生了什么？国事沧桑，旧友飘零，不堪回首。但又能怎样呢？于是，看新晴，听渔歌，将深挚的悲情化为旷达逸远的感怀。

相关链接

　　《虞美人·张帆欲去仍搔首》《临江仙·高咏楚词酬午日》

名句推荐

　　杏花疏影里，吹笛到天明。

悦读时光

古典文学卷（上册）

38. 清明

（南宋）高翥

南北山头多墓田，
清明祭扫各纷然①。
纸灰飞作白蝴蝶，
泪血染成红杜鹃。
日落狐狸眠冢上②，
夜归儿女笑灯前。
人生有酒须当醉，
一滴何曾到九泉。

诗词解意

南山北山坟冢随处可见，
清明时节纷纷出门祭奠。
纸灰飘起像飞舞的蝴蝶，
血泪染成漫山的红杜鹃。
太阳落山狐狸眠于坟上，
祭扫归来儿女欢笑灯前。
人活一世应该及时行乐，
祭扫的酒何曾流到九泉？

了解字词

① 纷然：众多繁忙。② 冢上：坟墓上。

认识作者

　　高翥(zhù)，南宋诗人，浙江余姚人。他是江湖诗派中的重要人物，有"江湖游士"之称。高翥少有奇志，不屑功名，游荡江湖，布衣终生。他专力于诗，画亦极为出名。

品品滋味

　　人活着才有一切，死后所谓缅怀祭奠，其实也只是后代迫于习俗的种种形式而已。所以，岁月有痕，生死无常。珍爱生命，活好当下。

　　陶潜诗云，"亲戚或余悲，他人亦已歌"，大概也是此意吧。

相关链接

　　《秋日》《晓出黄山寺》

名句推荐

　　日落狐狸眠冢上，夜归儿女笑灯前。

阅读与欣赏

39. 皂罗袍

(明)汤显祖

原来姹紫嫣红开遍，
似这般都付与断井颓垣①。
良辰美景奈何天，

赏心乐事谁家院。

朝飞暮卷②，

云霞翠轩，

雨丝风片，

烟波画船。

锦屏人③忒④看的这韶光贱⑤。

诗词解意

满园遍地花开，绚烂妖娆，

却只能终日对着一片废井残墙。

虽有良辰美景人却深锁春闺，只能徒呼奈何，

不知美好的事儿哪里才有？

早上的流云，傍晚的细雨；

绚丽的云霞，华丽的亭阁；

斜风扯着雨丝，

一片烟雨迷蒙里画舫如织。

闺中的我却只能白白地辜负这大好年华。

了解字词

① 断井颓垣：断了的井栏，倒塌的短墙。② 朝飞暮卷：出自王勃的《滕王阁》诗："画栋朝飞南浦云，朱帘暮卷西山雨。"早上的云，傍晚的雨。③ 锦屏人：藏在锦绣屏风里面的人，喻指锁在深闺的年轻女子，这里也指"我"。④ 忒(tuī)：太的意思。⑤ 韶光贱：荒废青春年华。韶光，指美丽的春光，也暗指自己的青春。

认识作者

汤显祖，字义仍，号海若、若士、清远道人，明代江西临川人，中国历史上最伟大的戏剧家之一。

他出身书香门第，早有才名，因不肯攀附权贵，三十四岁才中进士。曾任太常博士、遂昌知县，因当时吏治腐败，而他又生性耿直，所以后弃官回到故里临川，专

心创作戏剧。其戏剧作品《还魂记》《紫钗记》《南柯记》和《邯郸记》合称"临川四梦"，而最杰出的作品是其代表作《牡丹亭》。汤显祖自己也曾说："一生四梦，得意处惟在牡丹。"

 **品品滋味**

《牡丹亭》是我国古典戏剧的高峰，《惊梦》是《牡丹亭》这出戏的高峰，《皂罗袍》则又是《惊梦》这一折的高峰。

青春美貌的杜丽娘长期被锁在深闺，在某一个风和日丽的春天，在贴身丫鬟春香带领下，来到家里的后花园。此时正是春意盎然，百花盛开，大家闺秀的杜丽娘因家教森严，竟从未领略过如此美好的春色，于是面对一片姹紫嫣红，既惊喜又惆怅：春色满园，姹紫嫣红，固然令人美不胜收，但是联想到自己，不也正如同这寂寞开放、无人赏识的牡丹一样吗？终日被锁在深闺，埋没在冗长的生活里，没有自由的空气，没有爱情的芬芳。所以，杜丽娘一声幽怨的叹息：良辰美景奈何天，赏心乐事谁家院。多么无奈——无奈得让人怜惜。

 **相关链接**

《牡丹亭》(原著或昆曲)

 **名句推荐**

良辰美景奈何天，赏心乐事谁家院。

40. 岁暮到家

（清）蒋士铨

爱子心无尽，
归家喜及辰①。
寒衣针线密，
家信墨痕新。
见面怜清瘦，
呼儿问苦辛。
低徊②愧人子，
不敢叹风尘。

诗词解意

母亲爱子总是生怕不够，
儿要回来从夜盼到天明。
手缝寒衣针线密密匝匝，
家书字迹墨痕依然如新。
见面说我消瘦实在可怜，
问长问短怕我委屈受尽。
身为人子心头一阵惭愧。
哪里忍心倾诉在外艰辛。

了解字词

① 辰：早晨。② 低徊：徘徊，这里也指心中迂回曲折。

认识作者

蒋士铨,字心馀、苕生,号藏园,又号清容居士,江西铅山人,乾隆二十二年进士,官翰林院编修。清朝中叶乾嘉时期重要的诗人、戏曲家。

当时,蒋士铨与袁枚、赵翼齐名,推崇自由思想和个性解放,在诗歌创作上,反对拟古和形式主义,提倡抒发性情,表现个性。其三人被后人合称"江右三大家",同属于性灵派。

蒋士铨作诗甚多,题材广泛,所著的《忠雅堂诗集》存诗2569首。他以七言古体诗见长,善于刻画景物,气势磅礴,形象生动。

诗人21岁时,离家游历一年,年底,回家应童子试。此诗即为诗人刚回到家中时所作。

品品滋味

这首诗质朴自然,明白如话,但因用情至深,读之每令游子怦然心动,甚至慨然而泣下。

诗歌选取了久别重逢这一典型的场景,表达了母子相依、骨肉相连的亲情。诗人先用"爱子心无尽"一句,总括母爱的一般特点和普遍意义:每个母亲都觉得对孩子总也爱不够,生怕有一丁点的闪失和缺憾。这种朴素的表达很容易唤起读者的共鸣。接着诗人通过"寒衣""针线""家信""墨痕"这些具体的事物,表现了母爱的深沉,也表现了母子间血浓于水的深情。终于回到家了,一个"怜"字和"呼"字,充分体现了母亲对"我"的思念之深,以及久别重逢之喜。见到孩子一把拉住,嘘寒问暖,左右端详,简直是迫不及待……关切、忐忑之情跃然纸上。

最动人的是诗歌的最后两句。"愧"在何处?又为何"不敢叹风尘"?愧的是,面对至深的母爱,作为儿子无以为报;愧的是自己远游在外,让母亲日夜牵挂。胖瘦都让母亲好一阵端详,还敢向母亲述说一路上经历的风霜雪雨吗?所以,不敢叹风尘——这是身为人子对母亲的体爱。

爱,作为世间最美好的感情,应该是相互的,这样才显得更有质感。这首诗也比较集中地体现了蒋士铨"篇篇本色,语语根心"的诗歌特点。

《题画》《别老母》（清·黄仲则）

低徊愧人子，不敢叹风尘。

41. 上梅直讲书①

（宋）苏轼

轼每读《诗》②至《鸱鸮》，读《书》③至《君奭》，常窃悲周公之不遇。及观《史》，见孔子厄④于陈、蔡之间，而弦歌之声不绝，颜渊、仲由之徒相与问答。夫子曰："'匪兕⑤匪虎，率彼旷野'，吾道非邪，吾何为于此？"颜渊曰："夫子之道至大，故天下莫能容。虽然，不容何病⑥？不容然后见君子。"夫子油然而笑曰："回，使尔多财，吾为尔宰⑦。"夫天下虽不能容⑧，而其徒自足以相乐如此。乃今知周公之富贵，有不如夫子之贫贱。夫以召公之贤，以管、蔡⑨之亲而不知其心，则周公谁与乐⑩其富贵？而夫子之所与共贫贱者，皆天下之贤才，则亦足与乐乎此矣。

轼七八岁时，始知读书。闻今天下有欧阳公者，其为人如古孟轲、韩愈之徒；而又有梅公者，从之游⑪，而与之上下其议论。其后益壮，始能读其文词，想见其为人，意其飘然脱去世俗之乐，而自乐其乐⑫也。方学为对偶声律之文，求斗升之禄，自度⑬无以进见于诸公之间。来京师逾年，未尝窥其门。今年春，天下之士，群至于礼部，执事⑭与欧阳公实亲试之。轼不自意⑮，获在第二。既⑯而闻之，执事爱其文，以为有孟轲之风；而欧阳公亦以其能不为世俗之文也而取，是以在此⑰。非左右为之先容⑱，非亲旧为之请属，而向之十余年间，闻其名而不得见者，一朝为知己。退而思之，人不可以苟⑲富贵，亦不可以徒⑳贫贱。有大贤焉而为其徒，则亦足恃㉑矣。苟其侥一时之幸,从车骑数十人,使闾巷②小民,聚观而赞叹之,亦何以易此乐也。《传》㉓曰:"不怨天,不尤人。"盖"优哉游哉,可以卒岁"。执事名满天下,而位不过五品。其容色温然而不怒,其文章宽厚敦朴而无怨言,此必有所乐乎斯道也。轼愿与闻㉔焉。

诗词解意

　　我每次读到《诗经》的《鸱鸮》,读到《书经》的《君奭》,总是暗地为周公没遇到知己而悲伤。等到读了《史记》,看到孔子被困于陈、蔡两国之间,而弹琴唱歌的声音不断,还和颜渊、仲由等学生互相问答。孔子说:"我不是犀牛老虎那样的野兽,为什么要沦落到在野外游荡的境地? 我为什么落到了这样的地步?"颜渊说:"先生的理想极其宏大,所以天下不能接受;虽然这样,不被人接纳又有什么妨碍呢? 不被人接纳才更能显出您是有才德的君子。"孔子温和地笑着说:"颜回,如果你有很多财产,我就给你当管家。"虽然天下的国君都没有接受孔子推行的道,但孔子和他的学生却能够自得其乐。我这才知道,周公的富贵有比不上孔子贫贱的地方。凭召公的贤能,管叔、蔡叔的亲近,却不能够了解周公的心思,那么周公跟谁一同享受那富贵的快乐呢? 然而跟孔子一同过着贫贱生活的人,却都是天下的贤才,那么光凭这一点也就值得快乐了啊!

　　我七八岁的时候,才知道读书。听说如今天下有一位欧阳公,他的为人就像古代孟轲、韩愈这一类人;又有一位梅公,和欧阳公交游,并且和他一起畅谈古今。以后,我年纪渐长,才能读到先生们的文章,从中仿佛可以看到先生们的为人,想必他们是能够潇洒地脱离世俗之趣,而自得其乐的。而我当时刚刚学做诗赋,想以此求得微薄的俸禄,自己估量没有机会可以进见诸公。所以,如今来到京城一年多,也不曾斗胆登门求教。今年春天,天下的读书人来到礼部应试,先生和欧阳公亲自主持考试。我没有想到自己,竟得了第二名。后来听说,先生喜欢我的文章,认为有孟轲的风格,而欧阳公也因为我能不作世俗的文章而录取我,因此,在我得中这件事情上,不是左右亲近的人替我先行推荐,也不是亲戚朋友代我请托,从此,以前十多年里听得大名却无缘相见的人,一下子竟成为知己。退一步冷静地思考这件事,觉得人不能用苟且之道去追求富贵,也不能够毫无作为地空守贫贱。如今能成为您这样大贤人的学生,已经足够令人骄傲和自负了。假如凭借一时侥幸得来的富贵,就带着几十个坐车骑马的随从,招摇过市,以引得里巷的小百姓且观且羡,这样的行为又怎能代替我的这种快乐啊!《左传》上说:"不埋怨天,不责怪人",因为"从容自得,才能够度过天年"。先生您名满天下,但官位不过五品;您的面色温和从无恼怒之色;您的文章宽厚质朴而从无怨言。这必定有乐于此道的道理,我真诚地希望能亲身听到先生您的教诲啊。

了解字词

① 梅直讲:梅尧臣,字圣俞,安徽宣城人,北宋著名诗人,曾任国子监直讲。和欧阳修一起主持了宋仁宗嘉祐二年的礼部考试。② 《诗》:《诗经》。③ 《书》:《尚书》,也被称为《书经》。④ 厄:困苦,此处是被动用法,被困。⑤ 匪兕(sì):匪,通"非"。兕,古代犀牛之类的兽名。⑥ 不容何病:不被人接纳又有什么妨碍呢? 病,害处、妨碍的意思。⑦ 宰:家臣。⑧ 容:接受。⑨ 管、蔡:管鲜、蔡度,都是周公的弟弟。周公摄政期间,曾作乱。⑩ 乐:享用。⑪ 从之游:从,跟;之,代指欧阳修;游,交游。⑫ 自乐其乐:自得其乐。⑬ 自度:自己估量。⑭ 执事:官职名,此处指梅直讲。⑮ 自意:想到。⑯ 既:不久后。⑰ 是以在此:是以,倒装,"以是",因为;在此,这个原因。⑱ 先容:先行介绍。⑲ 苟:苟且。⑳ 徒:白白地。㉑ 足恃:足以为依靠。㉒ 闾巷:里弄、小巷。㉓ 《传》:解释经义的书。㉔ 闻:聆听(您的教诲)。

认识篇目

宋仁宗嘉祐二年,苏轼应试礼部。当年的主考官是欧阳修,参评官是梅尧臣,他们两位对苏轼的试文都非常赏识、大加赞赏,认为能"不为世俗之文",本来想拔擢为第一名,但因怀疑是曾巩所作,而曾巩又是主考官欧阳修的学生,为了避嫌,就将此文的作者录取为第二名。发榜后,才发现作者是并不熟悉的新人:苏轼。为了感谢二位考官的知遇之恩,苏轼之后就写了这封信给梅尧臣。文章引经据典,但又贴切自然,意境高远,毫无巴结讨好的庸俗之气。

品品滋味

这本是一篇酬谢的应景之文,但苏轼却写出了高峻超然的意境,成为传世千古的名文。仅这一点,就可以看出苏轼的才华是多么卓然不群。

嘉祐二年,苏轼20岁,赴京都应礼部试,当年的题目是"刑赏忠厚之至论",苏轼的文章深得欧阳修、梅尧臣的赞赏,于是点为榜眼录用。对于当时默默无闻的一个后生来说,这一次录取,不仅彻底改变了命运,也让自己名满天下,正如文中作者自己所说,"闻其名而不得见者,一朝为知己"。这就是一朝成名天下闻。

对于如此深重的知遇之恩，自然值得感激，更何况欧阳修、梅尧臣二位都是名垂朝野的一代大儒。但苏轼此文最令人感佩的一点是，态度不卑不亢，没有丝毫摇尾乞怜、巴结奉承的庸俗之气，虽然也表达了对两位长者拔擢自己的感激之情，但真诚却不阿谀，是一种健康、阳光的心态。诚如作者所说，"人不可以富贵，亦不可以徒贫贱。"——富贵可以争取，但不能用苟且，或丧失尊严的方法取得。这样的见地和认知，使得文章显得高峻凛然，令人掩卷而肃然起敬。

 **相关链接**

《刑赏忠厚之至论》（当年苏轼的应试之文）

 **名句推荐**

"人不可以富贵，亦不可以徒贫贱。""优哉游哉，可以卒岁。"

记游篇

42. 泰山吟①

(东晋)谢道韫

峨峨②东岳高,秀极冲青天。
岩中间③虚宇,寂寞④幽以玄。
非工复非匠,云构发⑤自然。
器象⑥尔何物? 遂令我屡迁⑦。
逝将宅斯宇⑧,可以尽天年⑨。

 诗词解意

　　雄伟高大的泰山,以极其清秀的灵气直冲青天。它的山岩洞穴仿佛天然间隔的空虚宅院,寂寞无声,幽静深邃。它绝非人间工匠的制造,而是大自然造物所开发的高楼大厦。变幻莫测的风云气象究竟是什么东西,竟然这样使我的思想波动不定。决定离开变化多端的人境,搬到泰山中生活,恬然无为,延年益寿,安享天命。

了解字词

　　① 吟:一种诗体名。② 峨峨:嵯峨,山势高峻的样子。③ 间(jiàn):分隔。④ 寂寞:清静,无声。⑤ 发:出自。⑥ 器象:物象。《易·系辞》:"在天成象,在地成形,变化见矣。"⑦ 屡迁:指思想波动不定。《易·系辞》:"为道也屡迁""唯变所适"。⑧ 逝:通"誓"。宅斯宇:以斯宇为宅,指隐居泰山。⑨ 天年:指人的自然年寿。《史记·范睢蔡泽列传》:"终其天年,而不夭伤。"

谢道韫(343—410)东晋女诗人。陈郡阳夏人。谢安侄女，父亲是安西将军谢奕，丈夫是著名书法家王羲之的儿子、江州刺史王凝之。

魏晋时期，清谈之风盛行。谢道韫是在这个风气影响之下的一个才女。她自幼聪识，有才辩；所作诗赋名闻当时。凡读过《三字经》的人都知道晋代有位让须眉男子汗颜的才女谢道韫："蔡文姬，能辨琴。谢道韫，能咏吟。彼女子，且聪敏。尔男子，当自警。"

 品品滋味

《泰山吟》一开始就大气磅礴。巍峨泰山屹立神州之东，与西岳华山、南岳衡山、北岳恒山、中岳嵩山遥相对峙，故有东岳之称。作者描写它雄伟蓄秀，高耸入云，第二句中的"冲"字，极写泰山逶迤而上、直刺云天的气势，既传神且有动感。接着四句描绘山中景观，"岩中间虚宇"的"间"作分隔解，表现天际空明、云横崖间的景色。"云构"指山中岩洞，"非工非复匠"句，作者赞美了造化之功，这四句描写泰山胜景，作者未事藻绘，只赞以"寂寞幽以玄"，"云构发自然"似偏于质朴无文。孰不知，此正是东晋士族文人审美品评的最高标准。谢道韫赞泰山以寂寞无言、幽玄自然，看似质木不文，而实质表达了作者对峨峨泰山的最高赞美，包含着作者对巍巍东岳的无比景仰之情。

该诗虽有哀痛激愤之语，但对泰山之美的描写却并不是为了衬托这些情绪，而是为了表现出诗人对大自然真挚而热烈的爱，这种爱与诗人坚强不屈的性格相交融，使诗人在面对泰山时淡定而又坚强，这是一种非凡的气度，是一种"万物皆备于我"的崇高精神状态，也是诗人在遭遇困境时更加主动地融入自然、感受自然魅力的原因。

 相关链接

《咏雪》

 名句推荐

逝将宅斯宇，可以尽天年。

43. 渭川田家

（唐）王维

斜阳照墟落①，穷巷②牛羊归。
野老念牧童，倚杖候荆扉③。
雉雊④麦苗秀，蚕眠桑叶稀。
田夫荷⑤锄至，相见语依依。
即此羡闲逸，怅然吟式微⑥。

诗词解意

村庄处处披满余晖，牛羊沿着深巷纷纷回归。老叟惦念着放牧的孙儿，柱杖等候在自家的柴扉。雉鸡鸣叫麦儿即将抽穗，蚕儿成眠桑叶已经薄稀。农夫们荷锄回到了村里，相见寒暄笑语依依。如此安逸怎不令人羡慕？不禁怅然吟起《式微》的句子。

了解字词

① 墟落：村庄。② 穷巷：深巷。③ 荆扉：柴门。④ 雉雊（zhì gòu）：野鸡鸣叫。《诗经·小雅·小弁》："雉之朝雊，尚求其雌。"⑤ 荷（hè）：肩负的意思。至：一作"立"。⑥ 式微：《诗经》篇名，其中有"式微，式微，胡不归"之句，表归隐之意。

认识作者

王维（701—761），唐代诗人。字摩诘。原籍祁（今属山西），迁至蒲州（今山西永济），遂为河东人。公元721年（开元九年）中进士第一，累官至给事中。安史乱军陷长安时曾受职，乱平后，降为太子中允。后官至尚书右丞，故亦称王右丞。晚年居蓝田辋川，过着亦官亦隐的优游生活。诗与孟浩然齐名，并称"王孟"。前期写过

101

一些以边塞题材的诗篇，但其作品最主要的则为山水诗，通过田园山水的描绘，宣扬隐士生活和佛教禅理。晚年无心仕途，专诚奉佛，故后世人称其为"诗佛"。兼通音乐，工书画。存诗约四百首，有《王右丞集》。

品品滋味

诗中描绘了一幅恬然自乐的田家暮归图，虽都是平常事物，却表现出诗人高超的写景技巧。全诗以朴素的白描手法，写出了人与物皆有所归的景象，映衬出诗人的心情，抒发了诗人渴望有所归、美慕平静悠闲田园生活的心情，流露出诗人在官场的孤苦、郁闷。

这首诗前八句为我们描绘了一幅恬适温馨的农家晚归图。在这幅生意盎然的画面上，有优美的自然景色：落日洒金、牛羊归村、雉鸣蚕眠、麦秀桑稀。更有田家情深的动人场面：野老倚仗门外，等候牧童归来，有的是慈爱和企盼；农夫荷锄相遇，边走边谈不休，有的是亲切和惬意。即目所见，信手写来，不事雕绘，清新自然。此情此景，遂使诗人浮想联翩，他可能想到尔虞我诈的龌龊官场，于是情不自禁地发出了"即此羡闲逸，怅然吟式微"的喟叹。《式微》是《诗经·邶风》中的一篇，诗中反复咏叹："式微，式微，胡不归？"诗人借以抒发自己急欲归隐田园的心情，不仅在意境上与首句"斜阳照墟落"相呼应，而且在内容上也落在"归"字上，使写景与抒情契合无间，浑然一体，画龙点睛式地揭示了主题。诗的前八句是宾，末二句才是主，宾为主设，情因景生，宾详主略，引人深思。

相关链接

《山居秋暝》《送钱少府还蓝田》。

名句推荐

田夫荷锄至，相见语依依。即此羡闲逸，怅然吟式微。

44. 宿桐庐江①寄广陵旧游

（唐）孟浩然

山暝②听猿愁，沧江③急夜流。
风鸣两岸叶，月照一孤舟。
建德④非吾土⑤，维扬⑥忆旧游。
还将两行泪，遥寄⑦海西头⑧。

诗词解意

　　黄昏山中的猿啼令我悲愁，夜晚的沧江急急向东奔流。风吹两岸木叶发出飒飒声，月光惨淡映照着一叶孤舟。建德啊并不是我的故乡，我怀念扬州过去的朋友。让我把两行相思的清泪，随江水寄到大海的西头。

了解字词

　　① 桐庐江：即桐江，在今浙江省桐庐县境。② 暝：指黄昏。③ 沧江：指桐庐江。沧同"苍"，因江色苍青，故称。④ 建德：唐时郡名，今浙江省建德县一带。汉代，建德桐庐同属富春县。此外以建德代指桐庐。⑤ 非吾土：不是我的故乡。王粲《登楼赋》："虽信美而非吾土兮，曾何足以少留。"⑥ 维扬：扬州的别称。《洞书·禹贡》："淮海维扬州。"⑦ 遥寄：远寄。⑧ 海西头：指扬州。隋炀帝《泛龙舟歌》："借问扬州在何处，淮南江北海西头。"因古扬州幅员辽阔，东临大海，故称。

认识作者

　　孟浩然（689—740），男，汉族，唐代诗人。本名不详（一说名浩），字浩然，襄州襄阳（今湖北襄阳市）人，世称"孟襄阳"。浩然，少好节义，喜济人患难，工于诗。年四十游京师,唐玄宗诏咏其诗,至"不才明主弃"之语,玄宗谓:"卿自不求仕,朕未尝弃卿,奈何诬我?"因放还未仕,后隐居鹿门山,著诗二百余首。孟浩然与另一位山水田园诗人王维合称为"王孟"。

 **品品滋味**

　　这是旅中寄友诗。全诗写江上景色和旅途悲愁,表现他乡虽好终不及故土之意,以及漂泊不定、人不得志之情。

　　孟浩然在长安落第之后,为了排遣苦闷,出游吴越,本诗即写在途中。他内心的忧愁烦恼是不难理解的。诗题"宿桐陵江寄广陵旧游",是乘舟停宿桐庐江的时候,怀念广陵(即扬州)友人之作。点明了有"宿"和"寄"两个内容,前四句侧重写"宿桐庐江"之景色,后四句侧重写"寄广陵旧游"。前四句用"日暮""山深""猿啼""江水""秋风""孤舟"这些带有凄迷孤寂的景物组合在一起,构成清峭孤冷的意境,衬托出诗人的绵绵愁思。后四句用"记""泪""寄",向朋友倾述独客异乡的惆怅和孤独之感,又抒发怀念友人的拳拳之心,感情真挚。诗人感情如此凄恻,恐怕不仅仅是思乡和怀友,而是在特定背景下的特殊感受,更深层的原因则是科场失意及仕途前程的渺茫。但诗人在诗中只字未提及这一层,这正是孟诗"淡"的一种表现。

　　诗的前半写景,后半写情,以景生情,情随景致,景情糅合,景切情深,撩人情思。孟浩然写诗,是在真正有所感时才下笔的。诗兴到时,他也不屑于去深深挖掘,只是用淡淡的笔调把它表现出来。那种不过分冲动的感情,和浑然而就的淡淡笔触,正好吻合。这首诗的主题思想和表观手法浑然一体,意境完整,堪称一流!

 **相关链接**

《过故人庄》《望洞庭湖赠张丞相》

 **名句推荐**

　　建德非吾土,维扬忆旧游。还将两行泪,遥寄海西头。

45. 登太白峰①

(唐)李白

西上太白峰,夕阳穷登攀②。
太白与我语③,为我开天关④。
愿乘泠风去⑤,直出浮云间。
举手可近月,前行若无山。
一别武功去⑥,何时复更还?

诗词解意

　　西出长安,夕阳下山我登山,连夜攀登武功太白峰。遇到太白金星老仙人,他为我打开了天门。我愿意和他一起乘风驾雾,直破浮云,进入天堂。手一举就可以抚摸到月亮,前面是茫茫云海,看不到其他的山。武功山,此时一别,何时再会? 我会把你印在我心上。

了解字词

　　① 太白峰:即太白山。在今陕西眉县、太白县一带。山峰极高,常有积雪,南与武功山相连。② 穷:尽。这里是到顶的意思。③ 太白:指太白金星。这里喻指仙人。④ 天关:古星名,又名天门。见《晋书·天文志》。这里指天宫之门。⑤ 泠(líng)风:和风。⑥ 武功:武功山,在今陕西武功县南。

品品滋味

　　晚唐诗人皮日休说过:"言出天地外,思出鬼神表,读之则神驰八极,测之则心怀四溟,磊磊落落,真非世间语者,有李太白。"这首诗就带有这种浪漫主义的创作

105

特色。全诗借助丰富的想象,忽而驰骋天际,忽而回首人间,结构跳跃多变,突然而起,忽然而收,大起大落,雄奇跌宕,生动曲折地反映了诗人对黑暗现实的不满和对光明世界的憧憬。

这首诗极力描写太白山之高峻,通过奇幻的想象,将自己由山引导到天上,从而借此抒发出胸中惆怅的情怀,以及超脱世俗的企盼。诗人登山,由"西上"而"登攀",但却并未止于山巅,而是遇见与此山同名的太白星,太白星为诗人打开天门,诗人便一步踏上仙界,于是身驾轻风,直出浮云,举手则星月可摘,四顾则茫茫一片,由登山却变成了"若无山",既是奇幻的想象,又极力渲染了山本身的高峻。武功,即武功山,与太白山相连,山势同样高峻,故而有谚语说"武功太白,去天三百"。

 相关链接

《望庐山瀑布》《望天门山》《早发白帝城》。

名句推荐

愿乘泠风去,直出浮云间。

阅读与欣赏

46. 渡淮

(唐)白居易

淮水①东南阔,无风渡亦难。
孤烟②生乍直,远树望多圆。
春浪棹声③急,夕阳帆影残。
清流宜映月,今夜重吟看。

诗词解意

淮河从东南望去真宽啊,就是没有风想渡过去都很难。远处一缕炊烟冉冉升起,掩盖村庄的树木远远望去一团一团的。一叶小舟在春浪里颠簸,夕阳照射船帆,映在波浪中的帆影残破不全。面对清清的淮河水,感慨万千,这样清澈的河水,最适宜映照月亮,留待夜深人静的时候吟诗欣赏。

了解字词

① 淮水:淮河古称。古人称淮河为淮,或称淮水。② 孤烟:远处独起的炊烟。③ 棹声:摇桨声。

认识作者

白居易(772—846),字乐天,号香山居士,又号醉吟先生,祖籍太原,其曾祖父时迁居下邽,生于河南新郑。是唐代伟大的现实主义诗人,唐代三大诗人之一。白居易与元稹共同倡导新乐府运动,世称"元白",与刘禹锡并称"刘白"。白居易的诗歌题材广泛,形式多样,语言平易通俗,有"诗魔"和"诗王"之称。官至翰林学士、左赞善大夫。公元846年,白居易在洛阳逝世,葬于香山。有《白氏长庆集》传世,代表诗作有《长恨歌》《卖炭翁》《琵琶行》等。

品品滋味

此诗展现了淮水壮阔难行的特点。诗歌首联开门见山,直抒胸臆,写眼前淮河的壮美,"淮水东南阔,无风渡亦难",我们似乎听到了诗人伫立在淮河岸边的一声叹息,"淮河从东南望去真宽啊,就是没有风想渡过去都很难"。

诗歌颔联"孤烟生乍直,远树望多圆",是承接首联,继续写淮河远眺的景色,远处一缕炊烟冉冉升起,掩盖村庄的树木远远望去一团一团的。读到此处,仿佛看到一位写意山水画家在作画,斗笔淡墨落纸晕染,远景中的茵茵树冠便一气呵成。

颈联"春浪棹声急,夕阳帆影残",描写的是近景,一叶小舟在春浪里颠簸,夕阳照射船帆,映在波浪中的帆影残破不全。村庄、远树、小舟、夕阳、帆影,已经构成了一幅完整的浅绛山水。

107

尾联"清流宜映月，今夜重吟看"，写诗人的感慨，也是诗人表达心境之句。诗人面对清清的淮河水，感慨万千，这样清澈的河水，最适宜映照月亮，留待夜深人静的时候吟诗欣赏。

尾联和颈联刚好形成强烈的反差，一边是棹声急急，在夕阳中匆忙渡河的紧迫，一边是对清水映月、诗情闲意的期盼，这样的对比，让诗歌意境起伏跌宕，显示出特有的美感。从首联写淮水之阔、渡河之难，到颈联写渡河之急，再到尾联写安闲之盼，我们可以领略到诗人不想渡河又不得不渡河的内心世界。

相关链接

《长恨歌》《卖炭翁》《琵琶行》

名句推荐

孤烟生乍直，远树望多圆。春浪棹声急，夕阳帆影残。

阅读与欣赏

47. 采桑子①·轻舟短棹西湖好

（宋）欧阳修

轻舟短棹②西湖好，绿水逶迤③，芳草长堤，隐隐笙歌④处处随。
无风水面琉璃⑤滑，不觉船移，微动涟漪⑥，惊起沙禽掠岸飞。

诗词解意

西湖风光好，驾轻舟划短桨多么逍遥。碧绿的湖水绵延不断，长堤上花草散出芳香。隐隐传来的音乐歌唱，像是随着船儿在湖上飘荡。

悦读时光

古典文学卷（上册）

无风的水面,光滑得好似琉璃一样,不觉得船儿在前进,只见微微的细浪在船边荡漾。看,被船儿惊起的水鸟,正掠过湖岸在飞翔。

了解字词

① 采桑子:又名丑奴儿,罗敷媚等。双调四十四字,上下阕各四句三平韵。② 短棹:划船用的小桨。③ 逶迤:形容道路或河道弯曲而长。④ 笙歌:指歌唱时有笙管伴奏。⑤ 琉璃:指玻璃,这里形容水面光滑。⑥ 涟漪:水的波纹。

品品滋味

这首词写的是春色中的西湖,风景与心情,动态与静态,视觉与听觉,两两对应结合,形成了一道流动中的风景。全词以轻松淡雅的笔调,描写泛舟颍州西湖时所见的美丽景色,以"轻舟"作为观察风景的基点,舟动景换,但心情的愉悦是一以贯之的。色调清丽,风格娟秀,充满诗情画意,读来清新可喜。

上阕主要写堤岸风景,笔调轻松而优雅。"西湖好"是一篇之眼,"短棹"二字已将休闲的意思委婉写出,因为是短棹,所以轻舟缓慢而悠闲地漂荡在湖面上,游人有足够的时间来观赏两岸春色。"绿水逶迤,芳草长堤"两句写由湖心经水面到堤岸,再整体向远处推进的动态画面。而"隐隐笙歌处处随"一句又从听觉的角度将西湖的欢乐情调刻画了出来,"隐隐"和"处处"都凸显出轻舟的流动感。

下阕的视点收束,主要写"绿水逶迤"。视点由近到远,再向高处延伸,将立体而富有动感的西湖呈现在读者面前。全词以轻舟的行进为线索,渐次写出堤岸和湖面的景物特征,并将游人之悠闲意趣融入其中,"西湖好"在这一背景下也得到了淋漓尽致的诠释。

相关链接

《醉翁亭记》《丰乐亭记》

名句推荐

无风水面琉璃滑,不觉船移,微动涟漪,惊起沙禽掠岸飞。

48. 村夜

（唐）白居易

霜草①苍苍②虫切切③，
村南村北行人绝④。
独⑤出门前望野田⑥，
月明荞麦⑦花如雪。

诗词解意

在一片被寒霜打过的灰白色秋草中，小虫在窃窃私语着，山村周围行人绝迹。我独自来到前门眺望田野，只见皎洁的月光照着一望无际的荞麦田，满地的荞麦花简直就像一片耀眼的白雪。

了解字词

① 霜草：被秋霜打过的草。② 苍苍：灰白色。③ 切切：虫叫声。④ 绝：绝迹。⑤ 独：单独、一个人。⑥ 野田：田野。⑦ 荞麦：一年生草本植物，子实黑色有棱，磨成粉可食用。

品品滋味

这首诗没有惊人之笔，也不用艳词丽句，只以白描手法画出一个常见的乡村之夜。信手拈来，娓娓道出，却清新恬淡，诗意焕然。

"霜草苍苍虫切切，村南村北行人绝"，苍苍霜草，点出秋色的浓重；切切虫吟，渲染了秋夜的凄清。行人绝迹，万籁无声，两句诗鲜明勾画出村夜的特征。这里虽是纯然写景，却如王国维《人间词话》所说："一切景语皆情语"，萧萧凄凉的景物透露出诗人孤独寂寞的感情。这种寓情于景的手法比直接抒情更富有韵味。

"独出门前望野田"一句,既是诗中的过渡,将描写对象由村庄转向田野;又是两联之间的转折,收束了对村夜萧疏暗淡气氛的描绘,展开了另一幅使人耳目一新的画面:皎洁的月光朗照着一望无际的荞麦田,远远望去,灿烂耀眼,如同一片晶莹的白雪。

"月明荞麦花如雪",多么动人的景色!大自然的美景感染了诗人,使他暂时忘却了自己的孤寂,情不自禁地发出不胜惊喜的赞叹。这奇丽壮观的景象与前面两句的描写形成强烈鲜明的对比。诗人匠心独运地借自然景物的变换写出人物感情变化,写来是那么灵活自如,不着痕迹;而且写得朴实无华,浑然天成,读来亲切动人,余味无穷。《唐宋诗醇》称赞它"一味真朴,不假妆点,自具苍老之致,七绝中之近古者"。

《残春曲》《春题湖上》

独出门前望野田,月明荞麦花如雪。

49. 初见嵩山

(宋)张耒

年来鞍马困尘埃,
赖①有青山豁我怀②。
日暮北风吹雨去,
数峰清瘦出云来。

111

诗词解意

我常年在外颠沛流离，困顿不堪，幸好旅途依赖青山得以慰藉，它们使我心情舒展开怀。今日傍晚时分，凛冽的北风刚刚吹走一场冷雨，我初见到闻名天下的五岳之一的嵩山，只见几座清瘦的山峰屹立于云雾缭绕之中。

了解字词

① 赖：依赖，凭借。② 豁我怀：使我开怀、振奋。

认识作者

张耒(lěi)，字文潜，自号柯山，人称"宛丘先生"，北宋人，祖籍谯县(今安徽省亳州市)，生长于淮阴(今属江苏)。熙宁进士。北宋文学家，擅长诗词，为苏门四学士之一。早年游学，从学于苏轼。其诗学白居易、张籍，风格平易晓畅。

在文章风格上，他反对奇简，提倡平易；反对曲晦，提倡词达；反对雕琢文辞，力主顺应自然，直抒胸臆。张耒诗以平易流丽明快见长，很少使用硬语及生僻的典故，苏轼称赞他"气韵雄拔，疏通秀明"。

品品滋味

这是一首写山的诗，却没有采用常见的"开门见山"的写法，而是为山的出场先做下了一系列铺排，增添了嵩山的神秘感，激发了读者急于相见的欲望，让嵩山在千呼万唤中隐现，而一旦出场，全诗便在高潮中平稳结束，留给读者很大的想象空间。

诗人首先由宦游的失意落笔，多年来辗转流落于风尘之中，流逝了时间，消瘦了形体。一个"困"字，形象地展现了诗人疲劳困顿的精神状态，以及空怀一腔抱负在官场中左冲右突、不得施展的惨淡景象。第二句宕开一笔，转而去写奔波中的一点安慰，晓畅的语言骤然拉近了诗人与山的距离。青山如故友，多年来与我不离不弃，迷茫时给我醒豁，抑郁时给我快慰，它以亘古不变的姿态给我无穷的启示。所谓"近山而志高"在这里，诗人对青山的亲近实际上就是对高洁傲岸人格操守的亲近，也是对含蓄豁达人生态度的亲近。第三句为嵩山的出场渲染了气氛。"日暮"言天已傍晚,落日余晖中更见嵩山的深幽巍峨,"北风吹雨去",嵩山在风侵雨蚀后愈加清新朗润,但这只是我们的想象,未见嵩山,心中已对嵩山的景象作了一番描摹。

　　前面一系列的铺垫成就了第四句的点睛之笔,嵩山终于在层层浮云中竿现出来,它一出现便淡化了所有的背景,其峭拔清瘦的形象是那么的清晰明朗,其高洁超脱的姿态是那么的卓尔不群,因而深得作者的喜爱和赞美。诗人看山观水,往往带有一定的以己观物、以己感物的特征。正如辛弃疾在《贺新郎》中写:"我见青山多妩媚,料青山见我应如是,情与貌,略相似。"诗中鲜活清晰的意象往往是诗人情感的外化,寄予了诗人一定的审美理想与艺术追求。在这里,诗人精心挑选了"清瘦"一词来形容嵩山,写得有血有肉,极富灵性,不只赋予嵩山以人的品格、人的风貌,更体现了作者的人格操守与精神追求。张耒晚年罢官后,日子非常清贫困顿,但他却不改豁达超脱的人生态度与刚毅质朴的品行,正是从层层乌云的遮掩中隐现出一位志趣高洁、傲骨铮铮的传统士大夫形象。在这里,诗人究竟是在写山还是在写自己,已很难分得清,物我融为一体,感情达到最高潮,全诗平稳结束,却言有尽而意无穷。

　　从艺术技巧上看,该诗渗透着苏轼醒豁通透的人生态度,有白居易明白晓畅的语言特色,又将自己刚毅超脱的品行与之熔于一炉,是张耒诗风的全面写照。

 **相关链接**

《夜坐》《秋蕊香·帘幕疏疏风透》

 **名句推荐**

日暮北风吹雨去,数峰清瘦出云来。

悦读时光

古典文学卷（上册）

50. 淮^①中晚泊犊头^②

（宋）苏舜钦

春阴^③垂野^④草青青，
时有幽花^⑤一树明。
晚泊孤舟古祠^⑥下，
满川^⑦风雨看潮生。

 诗词解意

　　春天的阴云，低垂在草色青青的原野上，时而可见在那幽静的地方，有一树春花正在开得鲜艳耀眼。天晚了，我把小船停泊在古庙下面，这时候只见淮河上面风雨交加，眼看着潮水渐渐升高。

了解字词

　　① 淮：淮河。② 犊头：淮河边的一个地名。犊头镇，在今江苏淮安市淮阴区境内。③ 春阴：春天的阴云。④ 垂野：笼罩原野。⑤ 幽花：幽静偏暗之处的花。⑥ 古祠：古旧的祠堂。⑦ 满川：满河。

认识作者

　　苏舜钦（1008—1048），宋代诗人。字子美，号沧浪翁，参知政事苏易简之孙。绵州盐泉（今四川绵阳市）人，迁居开封。景祐进士。曾任大理评事。庆历中，范仲淹荐为集贤校理、监进奏院。岳父同平章事兼枢密使杜衍，支持范仲淹改革，他遭反对派倾陷，而被除名，退居苏州沧浪亭，以诗文寄托愤懑。诗与梅尧臣齐名，风格豪健。文多论政之作，辞气慷慨激切。又工书法。著有《苏学士文集》。

这是一首写景小诗,作者借春日晚景的描绘,抒发了孤独寂寞的情感。

如果把这首小诗比作一幅暮春乡村的风景画,那么诗的一二句首先泼墨描绘写了这幅画的底色和背景。这是一个春草青青的季节,但没有一点春天的生气和温馨,而是阴云低垂,笼盖四野,偶尔看到一树鲜明的春花在暮色中也显得十分的幽暗。春天的草和花应该说是最美好的,却为晦暗和阴云垂盖,让人感到可惜和不公平。在迷蒙的底色中我们看到怀才不遇的作者和腐败黑暗的社会现实。因此,我们说在这令人喘不过气来的天气里,在这让人烦躁不安的暮色中饱含了诗人无限的愁情和忧思。

在这样的背景上,一条孤独无伴的小船停泊在古老的古庙旁,凄风苦雨,满川迷蒙,诗人夜不成寐,在黑暗中呆望着春潮暗涨。这里"孤舟"无疑就是诗人自比,而"满川风雨"则是坎坷人生的象征。虚实结合,字里行间充溢作者的孤独寂寞之情。欣赏这首绝句,需要注意抒情主人公和景物之间动静关系的变化。日间船行水上,人在动态之中,岸边的野草幽花是静止的;夜里船泊牧犊头,人是静止的了,风雨潮水却是动荡不息的。这种动中观静、静中观动的艺术构思,使诗人与外界景物始终保持相当的距离,从而显示了一种悠闲、从容、超然物外的心境和风度。

全诗四句,无一句不写景,无一句不寄情,虽然色调有点晦暗低沉,但情真意切,语言精当,清新可诵,所以后人皆视之为写景小诗的代表作。

《沧浪静吟》《初晴游沧浪亭》《沧浪亭怀贯之》

春阴垂野草青青,时有幽花一树明。

阅读与欣赏

悦读时光

古典文学卷（上册）

51. 题龙阳县①青草湖②

（元）唐珙

西风吹老洞庭波，
一夜湘君③白发多。
醉后不知天在水④，
满船清梦压星河。

 诗词解意

秋风劲吹，洞庭湖水似乎衰老了许多，一夜愁思，湘君也应多了白发。醉后忘却了水中的星辰只是倒影，清朗的梦中，我卧在天河上。

了解字词

① 龙阳县：即今湖南汉寿县。② 青草湖：位于洞庭湖的东南部，因湖的南面有青草山而得名。青草湖与洞庭湖一脉相连，所以，诗中又写成了"洞庭湖"。③ 湘君：尧的女儿，舜的妃子，死后化为湘水女神。④ 天在水：天上的银河映在水中。

认识作者

唐珙，字温如，元末明初诗人，会稽山阴（今浙江绍兴市）人。其父南宋义士、词人唐珏在至元中与林景熙收拾宋陵遗骨，重新安葬，并植冬青为识。在乡里以诗知名，但所作传世不多。生平仅略见于《御选元诗》卷首《姓名爵里》《元诗选补遗》小传。

 **品品滋味**

一、二两句，诗人由对眼前自然景色的感受而引起对神话中人的向往，借以对神话的幻想，反映出是时境界的逐渐深入。"西风吹老洞庭波，一夜湘君白发多。"诗中境界由一"老"字带起。秋风飒飒，洞庭湖水渺渺茫茫。那景象，与春日轻漾宁静的碧水相较，是和乐世间另一面深邃的人生。诗人所思所忆渐渐入深。所思所悟如何细言，唯有诉诸对白发湘君的神往，那江山与人生的化境，即是这般深沉了！此夜洞庭可老，湘君如约此等情境，复能何言？这等思悟境界深广，洞庭深广的秋色可谓遇到了知音。思绪沉沉，竟至幻象，昼晓和乐尘世，此夜却换了人间。以神抒情，寄思于景，至幻乃深。

"醉后不知天在水，满船清梦压星河。"秋风已久，赏景渐忘景，不分是天上星、水中星。夜深思量长，怎知何时已醉？泊舟、泊梦，天河或曰星河，景中或曰境中，所思或曰所忘。诗人的梦境，满船清梦，是诗人思量着的人生。然而，秋湖相往来，物我无碍，陶然自在，正是快哉。一二句亦真亦幻，愈是明了，愈是痴然；三四句亦真亦幻、亦醒亦醉。此真人生佳境也。

这是一首极富艺术个性的记游诗。充满浪漫主义色彩，笔调轻灵，无一笔黏着。诗人着意于真情实感的表现而并不拘守于形貌之似，因而写来不拘一格，超尘拔俗。

 **相关链接**

《墨兰》《韩左军马图卷》《题王逸老书饮中八仙歌》

 **名句推荐**

醉后不知天在水，满船清梦压星河。

阅读与欣赏

悦读时光

古典文学卷（上册）

52. 江上

（清）王士祯

吴头楚尾①路如何？烟雨②秋深暗白波③。
晚趁寒潮渡江去,满林黄叶雁声多。

诗词解意

春秋时吴、楚两国交界之地。时至深秋,这里地域广阔,烟雨蒙蒙、秋意盎然,一片山水相连的美丽景色。夜色已晚、寒风习习,作者乘舟立于江水之上,满目树林纷黄,满耳大雁声响。

了解字词

① 吴头楚尾:吴国楚国交界地。② 烟雨:蒙蒙细雨。③ 白波:代指江水。

认识作者

王士祯(1634—1711),原名王士禛,字子真、贻上,号阮亭,又号渔洋山人,人称王渔洋,谥文简。新城(今山东桓台县)人,常自称济南人,清初杰出诗人、学者、文学家。博学好古,能鉴别书、画、鼎彝之属,精金石篆刻,诗为一代宗匠,与朱彝尊并称。书法高秀似晋人。康熙时继钱谦益而主盟诗坛,论诗创神韵说。早年诗作清丽澄淡,中年以后转为苍劲。擅长各体,尤工七绝。但未能摆脱明七子摹古余习,时人诮之为"清秀李于麟",然传其衣钵者不少。好为笔记,有《池北偶谈》《古夫于亭杂录》《香祖笔记》等,然辩驳议论多错愕、失当。

 **品品滋味**

　　此诗描写了深秋时节,江上白波涌起,烟雨飘飘,天色阴暗,江上顿时给人沉沉的感觉。那滚滚的江水挟着深秋的寒气,风寒水冷,吴楚一带,秋意盎然。而两岸山峦经秋意的感染,树叶也被秋霜染成金黄,那金黄的叶子随风飘起,零落在秋山之坡,飘忽在秋水之上。树林里、天空中,一行行大雁南归,时起的雁声萦绕在天宇之间,萦绕在人们心头。诗人从不同的角度描绘景物:空中,雁鸣阵阵;江上,白波涌起;四面,烟雨迷蒙;地上,落叶萧萧。多层面的渲染,秋的韵味就显得浓浓的足足的,产生了强烈的艺术氛围和效果。此诗一、二两句,就给人开阔辽远之感:吴头楚尾,是春秋时吴楚两国交界的地方,在今江西省北部,那里地域辽阔,山水相接,烟雨迷茫,江涛奔涌,此境此景,诗人非常欣赏,足现其心胸之开阔、意境之开朗。三、四两句,既交代了渡江的时间、环境,更随意点染,勾勒出一幅由寒潮、山林、大雁、黄叶构成的秋江图,简洁洗炼,蕴藉含蓄。而秋江晚渡的意境,清爽脱俗,超然典雅,长髯白衫的先觉圣明凌虚于浩淼烟波之上,给人以鲜明深刻的印象。

　　作者善于遣词造句,不仅用语准确,符合韵律,并且注意修辞。此诗既含蓄典雅,又形象富有韵味,增添了艺术感染力。

 **相关链接**

　　《题秋江独钓图》《初春济南作》《息斋夜宿即事怀故园》

 **名句推荐**

　　晚趁寒潮渡江去,满林黄叶雁声多。

53. 渔歌子·柳垂丝

(五代)李珣

柳垂丝,花满树,莺啼楚岸春山暮①。棹轻舟,出深浦,缓唱渔歌归去。
罢垂纶②,还酌醑③,孤村遥指云遮处。下长汀④,临深渡,惊起一行沙鹭⑤。

 **诗词解意**

    杨柳低垂着细长如丝的枝条,树上开满了鲜花,楚江两岸黄莺啼鸣,春山笼罩在暮色中。划起一叶轻舟,驶出深深的水浦,缓缓唱着渔歌悠悠去。

    放下垂钓的丝线,斟满一杯美酒,遥望白云尽处的孤村。划过长长的沙汀,停泊在浅浅的渡口,惊起了一行栖息的沙鹭。

 **了解字词**

认识作者

    李珣(855—930),五代前蜀词人,字德润,居梓州(今四川省三台县)。祖先为波斯人,故其友尹鹗曾戏称他为"李波斯"。工诗词,事蜀主王衍,国亡不复仕。其妹(李舜弦)为蜀主昭仪,亦能词,有"鸳鸯瓦上忽然声"之句。《花间集》收入李珣的诗词三十七首,《全唐诗》录收其诗五十四首。

悦读时光

古典文学卷(上册)

　　该词写渔父生活之乐,抒避俗隐逸之思。全篇写景指事,宛转自如,犹如连载之湖山渔隐画轴,美不胜收。

　　上阕前三句,用"柳垂丝""花满树",描绘出开阔秀丽的背景,暮春天气,楚江两岸,垂柳轻拂,袅娜多姿,一树树鲜花,姹紫艳红,芳香四溢,沁人肺腑,更有莺歌燕舞,生机盎然,好一派明媚春光。这为作者春游渲染出欢快明朗的气氛。

　　上阕后三句,用"棹轻舟""出深浦",写词人初游,他乘坐一叶扁舟,轻轻荡着船桨,悠闲自得地从一条小河上出发,刚刚漂入开阔的楚江之时,便听到悠扬的歌声,那歌声起处,但见早出的打鱼人,已经满载着鱼儿,穿梭似的往来于江上,各自回家,他们看着丰硕的收获,喜出望外,欣然而歌,吸引了游客。这里有渔船、渔人、游人、滔滔江水伴着高亢的渔歌,沓杂纷繁,热闹异常。

　　下阕前三句,描绘出一船船鲜嫩的鱼虾鳖蟹,令人垂涎。游兴正浓的词人,不肯作罢。过阕"罢垂纶"之句,正是说他为渔郎之获吸引而垂钓长川,且喜有了可足美餐的收获,方才作罢。旋即以此佳肴佐美酒,呼朋啸侣相斟酌,亦即词中所云"还酌醑"。这是一次饶有兴味的野餐,人们早自忘却了时光的流逝,直到酒足兴尽才准备回家。"孤村遥指云遮处"一句,即是准备返航时的一幅画面:已是暮云西遮,同伴们相邀返回,他们遥望着远方,相互指指点点,那天边依稀可辨的孤村,即是下榻的去处。

　　下阕后三句,则是写从沙洲返回的情景。用"深"字才形象性极强,暗示出已是夜幕降临时分,船儿在水上摸黑行进,难辨深浅,人们小心翼翼屏息而行的情状,可以想见。忽然间,"惊起一行沙鹭",打破了万籁俱寂的江空。这一句以动写静,与上文明媚春光下的莺啼燕鸣、渔郎引吭以及鸣俦啸侣形成鲜明对比。

《南乡子·乘彩舫》《渔歌子·荻花秋》

下长汀,临深渡,惊起一行沙鹭。

54. 望海潮·东南形胜

（宋）柳永

　　东南形胜，三吴①都会，钱塘自古繁华，烟柳画桥，风帘翠幕，参差十万人家。云树绕堤沙，怒涛卷霜雪，天堑无涯。市列珠玑②，户盈罗绮，竞豪奢。

　　重湖③叠𪩘清嘉。有三秋桂子，十里荷花。羌管④弄晴，菱歌泛夜，嬉嬉钓叟莲娃。千骑拥高牙⑤。乘醉听箫鼓，吟赏烟霞。异日图将好景，归去凤池⑥夸。

诗词解意

　　杭州地理位置重要，风景优美，是三吴的都会。这里自古以来就十分繁华。如烟的柳树、彩绘的桥梁，挡风的帘子、翠绿的帐幕，楼阁高高低低，大约有十万户人家。高耸入云的大树环绕着钱塘江沙堤，澎湃的潮水卷起霜雪一样白的浪花，宽广的江面一望无涯。市场上陈列着琳琅满目的珠玉珍宝，家家户户都存满了绫罗绸缎，争相比奢华。

　　里湖、外湖与重重叠叠的山岭清秀美丽。秋天桂花飘香，夏季十里荷花。晴天欢快地吹奏羌笛，夜晚划船采菱唱歌，钓鱼的老翁、采莲的姑娘都喜笑颜开。千名骑兵簇拥着巡察归来的长官。在微醺中听着箫鼓管弦，吟诗作词，赞赏着美丽的水色山光。他日把这美好的景致描绘出来，待到回京升官时向朝中的人们夸耀。

了解字词

　　① 三吴：即吴兴、吴郡、会稽三郡，在这里泛指今江苏南部和浙江的部分地区。② 珠玑：珠是珍珠，玑是一种不圆的珠子。这里泛指珍贵的商品。③ 重湖：以白堤为界，西湖分为里湖和外湖，所以也叫重湖。𪩘(yǎn)：大山上之小山。④ 羌管(qiāng)：即羌笛，羌族之簧管乐器。⑤ 高牙：高蠹之牙旗。牙旗，将军之旌，竿上以象牙饰之，故云牙旗。这里指高官孙何。⑥ 凤池：全称凤凰池，原指皇宫禁苑中的池

沼。此处指朝廷。

认识作者

　　柳永(约987—约1053)，北宋著名词人，婉约派创始人物。汉族，崇安(今福建武夷山)人，原名三变，字景庄，后改名永，字耆卿，排行第七，又称柳七。宋仁宗朝进士，官至屯田员外郎，故世称柳屯田。他自称"奉旨填词柳三变"，以毕生精力作词，并以"白衣卿相"自诩。其词多描绘城市风光和歌妓生活，尤长于抒写羁旅行役之情，创作慢词独多。铺叙刻画，情景交融，语言通俗，音律谐婉，在当时流传极其广泛，人称"凡有井水饮处，皆能歌柳词"，婉约派最具代表性的人物之一，对宋词的发展有重大影响，代表作《雨霖铃》《八声甘州》。

品品滋味

　　这首词一反柳永惯常的风格，以大开大阖、波澜起伏的笔法，浓墨重彩地铺叙展现了杭州的繁荣、壮丽景象。西湖的美景、钱江潮的壮观，杭州市区的繁华富庶、当地上层人物的享乐、下层人民的劳动生活，都一一注于词人的笔下，涂写出一幅幅优美壮丽、生动活泼的画面。这画面的价值，不仅在于它描画出杭州的锦山秀水，更重要的是它写出了当时当地的风土人情。

　　这首词写的是杭州的富庶与美丽。艺术构思上匠心独运，上阕写杭州，下阕写西湖，以点带面，明暗交叉，铺叙晓畅，形容得体。其写景之壮伟、声调之激越。作者抓住具有特征的事物，用饱蘸激情而又带有夸张的笔调，寥寥数语便笔底风生，迷人的西湖与钱塘胜景便展现在读者面前。上阕，主要勾画钱塘的"形胜"与"繁华"，大笔浓墨，高屋建瓴，气象万千。写法上由概括到具体，逐次展开，步步深化。下阕，侧重于描绘西湖的美景、欢乐的游赏与劳动生活。写法上着眼于"好景"二字，尤其侧重于"好景"中出现的人。结尾又以赞美的口吻收束。

相关链接

《雨霖铃》《八声甘州》《鹤冲天》

三秋桂子,十里荷花。羌管弄晴,菱歌泛夜,嬉嬉钓叟莲娃。

阅读与欣赏

55. 临江仙·西湖春泛

(宋)赵溍

堤曲朱墙近远,山明碧瓦高低。好风二十四花期①。骄骢②穿柳去,文艒挟春飞。箫鼓晴雷殷殷③,笑歌香雾霏霏,闲情不受酒禁持④。断肠无立处,斜日欲归时。

诗词解意

水中行船,堤岸曲折,岸上红墙时近时远,远山明丽,近楼碧瓦高低相间。春风吹到二十四番,骏马在绿柳间驰穿,画船追着春色浏览。

箫鼓声声震天犹如晴天响雷一般,香雾在湖面弥漫,笑声歌声不断。情趣涌现,哪里还受酒的束管?面前美景欢乐一片,我却冷眼旁观,忧愁令肠断,此处无我立脚之点。已经日落要归返,我却仍与伤感凄凉相伴。

了解字词

① 二十四花期:指花信风。② 骄骢(cōng):壮健的骢马。③ 殷殷:形容吹箫击鼓声音如雷声阵阵。④ 闲情不受酒禁持:指游春的好心情需开怀畅饮。

 **认识作者**

赵溍,字元晋,号冰壶,潭州(今湖南长沙)人。为南宋名臣忠靖公赵葵之子。咸淳年间(1265—1274)为沿江制置使、知建康府。据《宋季三朝政要》记载,宋都城临安破后,广王登基于福州,以赵为江西制置使,进兵邵武。元蒋子正《山房随笔》则云:南宋亡,赵自京口迁往金陵。元兵南下,弃家而遁,南徙不返,死葬海旁山上。

 **品品滋味**

这是一首记游抒怀词,写词人春时泛舟西湖的所见所闻所感。全词分两个部分:上阕与过阕的前两句为前半部分,咏西湖春泛之全景,气氛欢快;末三句为后半部分,写自己泛舟欲归,情调黯然。

"堤曲朱墙近远,山明碧瓦高低。"起二句对仗工整,总写西湖的自然和人文环境,色彩鲜明,气韵横生。"好风二十四花期,骄骢穿柳去,文舟益挟春飞。"在二十四番花信风轻吹的三四个月中,西湖边风景如画,游人如织。骑马的游客在柳树间穿行;湖中画船如云,满载春色荡漾往来。"骄"字刻画出游客的盎然意兴,"文"字更为此画面增添了几许绮丽的色彩。

"箫鼓晴雷殷殷,笑歌香雾霏霏。"此二句从听觉和嗅觉方面着笔,进一步刻画出西湖春天的热闹繁盛景象。"闲情不受酒禁持,断肠无立处,斜日欲归时。"这一部分写词人将自己悄然置身于繁盛热闹的场面之外,大有辛弃疾《青玉案》词中的主人公"东风夜放花千树"时"却在灯火阑珊处"的情味。从写作技巧上来说,这是一种对比的章法,临结一转,给人以无穷的回味余地。

这首小词情景反衬。词人置身花香弥漫、歌舞喧天的西湖春景中,心中充满凄凉,是以乐景写哀情的典型词章。

 **相关链接**

《吴山青·金璞明》

名句推荐

箫鼓晴雷殷殷,笑歌香雾霏霏,闲情不受酒禁持。

55. 减字木兰花·己卯儋耳春词

（宋）苏轼

春牛①春杖②，无限春风来海上。便丐③春工④，染得桃红似肉红⑤。
春幡⑥春胜⑦，一阵春风吹酒醒。不似天涯⑧，卷起杨花⑨似雪花。

诗词解意

　　牵着春天的泥塑耕牛，拉起春天的泥塑犁杖，泥塑的耕夫站在二者的近旁。春风无限，来自海上。于是请来春神的神功，把桃花红染得像肉色红。

　　竖立春天的绿幡，剪成春天的彩胜。一阵春风，吹我酒醒。此地不像海角天涯，卷起的杨花，颇似雪花。

了解字词

　　① 春牛：即土牛，古时农历十二月出土牛以送寒气，第二年立春再造土牛，以劝农耕，并象征春耕开始。② 春杖：耕夫持犁杖而立，杖即执，鞭打土牛。也有打春一称。③ 丐：乞求。④ 春工：春风吹暖大地，使生物复苏，是人们将春天比喻为农作物催生助长的农工。⑤ 肉红：状写桃花鲜红如血肉。⑥ 春幡：春旗。立春日农家户户挂春旗，标示春的到来。也有剪成小彩旗插在头上，或树枝上。⑦ 春胜：一种剪成图案或文字的剪纸，也称剪胜，以示迎春。⑧ 天涯：多指天边。此处指作者被贬谪的海南岛。⑨ 杨花：即柳絮。

品品滋味

　　这首词是作者被贬海南时所作，是一首咏春词。作者以欢快的笔触描写海南绚丽的春光，寄托了他随遇而安的达观思想。

　　此词上、下阕句式全同，而且每一片首句，都从立春的习俗发端。两阕的第二句都是写"春风"。上阕曰："无限春风来海上。"风从海上来,不仅写出地处海岛的特点,而且境界壮阔,令人胸襟为之一舒。下阕曰："一阵春风吹酒醒。"点明迎春仪式宴席上春酒醉人,兴致勃发,情趣浓郁。两处写"春风"都有力地强化全词欢快的基调。接着上、下阕对应着力写景。上阕写桃花,下阕写杨花,红白相衬,分外妖娆。写桃花句,大意是乞得春神之力,把桃花染得如同血肉之色一般。写杨花句,却是全词点睛之笔。海南地暖,其时已见杨花。而中原,燕到春分前后始至,与杨柳飞花约略同时。作者用海南所无的雪花来比拟海南早见的杨花,谓海南跟中原景色略同,于是发出"不似天涯"的感叹。

全词大胆地使用了七个"春"字,可谓春意盎然,自由洒脱。

《定风波》《江城子·密州出猎》《念奴娇·赤壁怀古》

春幡春胜,一阵春风吹酒醒。不似天涯,卷起杨花似雪花。

57. 八声甘州·记玉关踏雪事清游

(宋)张炎

辛卯岁,沈尧道同余北归,各处杭、越。逾岁①,尧道来问寂寞,语笑数日。又复别去。赋此曲,并寄赵学舟②。

记玉关踏雪事清游③,寒气脆貂裘④。傍枯林古道,长河⑤饮马,此意悠悠。短梦依然江表⑥,老泪洒西州⑦。一字无题外,落叶都愁。

载取白云归去,问谁留楚佩⑧,弄影⑨中洲?折芦花赠远⑩,零落一身秋。向寻常、野桥流水,待招来,不是旧沙鸥⑪。空怀感,有斜阳处,却怕登楼⑫。

127

记得在北方边关,专事去踏雪漫游,寒气冻硬了貂裘。沿着荒枯的树林古老的大道行走,到漫长的黄河边饮马暂休,这内心的情意似河水悠悠。北游如一场短梦,梦醒后此身依然在江南漂流,禁不住老泪纵横,洒落在故都杭州。想借红叶题诗,却连一个字也无题写之处,那飘落的片片红叶已写满了忧愁。

你载着一船的白云归去,试问谁将玉佩相留,顾盼水中倒影于中洲?折一枝芦花寄赠远方故友,零落的芦花呵透出一身的寒秋。向着平常的野桥流水漫步,待招来的已不是旧日熟识的沙鸥。空怀着无限的情感,在斜阳夕照的时候,我却害怕登上高楼。

了解字词

① 逾岁:过了一年;到了第二年。② 赵学舟:人名,张炎词友。③ 记玉关踏雪事清游:指北游的生活。他们未到玉门关,这里用玉关泛指边地风光。清游,清雅游赏。④ 貂裘:貂皮制成的衣裘。⑤ 长河:指黄河。⑥ 江表:江外。指长江以南的地区。⑦ 西州:古城名,在今南京市西。此代指故国旧都。⑧ 楚佩:《楚辞》中有湘夫人因湘君失约而捐玦遗佩于江边的描写,后因用"楚佩"作为咏深切之情谊的典故。⑨ 弄影:物动使影子也随着摇晃或移动。⑩ 赠远:赠送东西给远行的人。⑪ 沙鸥:栖息于沙滩、沙洲上的鸥鸟。旧沙鸥,这里指志同道合的老朋友。⑫ 登楼:指汉末王粲避乱客荆州,思归,作《登楼赋》之事。

认识作者

张炎(1248—1319)宋末词人。字叔夏,号玉田,又号乐笑翁。祖籍凤翔成纪(今甘肃天水),寓居临安(今浙江杭州市)。他是贵族后裔(循王张俊六世孙),也是南宋著名的格律派词人。父张枢,精音律,与周密为结社词友。张炎前半生在贵族家庭中度过。宋亡以后,家道中落,贫难自给,曾北游燕赵谋官,失意南归,落拓而终。曾从事词学研究,著有《词源》,有《山中白云词》,存词约三百首。文学史上把他和另一著名词人姜夔并称为"姜张"。还与宋末著名词人蒋捷、王沂孙、周密并称"宋末四大家"。

 **品品滋味**

全词先悲后壮，先友情而后国恨，贯穿始终的，是一股荡气回肠的"词气"。使读者极能渗透到作者的感情世界之中。写身世飘萍和国事之悲感哀婉动人，令人如闻断雁惊风，哀猿啼月。

"记玉关踏雪事清游，寒气脆貂裘。"以"记"字领起，气势较为开阔、笔力劲峭。展现了一幅冲风踏雪的北国羁旅图。"此意悠悠"此句虽简，然则写出他内心无限的忧思。"短梦依然江表，老泪洒西州"，此两句说自己虽已回到南方故土，屈辱经历也过去，仍只能老泪洒落、无欢可言。"一字无题处，落叶都愁。"点出为何不致书问候。并非不想题诗赠友，但实在是提不起任何兴致来。因西风吹打而飘散的片片红叶上，似乎处处都写满了"亡国"两字。作者不忍在上题诗，怕引起浓浓愁情，请老友给予谅解。开头这两韵五句，其意境苍凉阔大，有"唐人悲歌"之概。着实为全词增添了一点"北国型"的"壮美"之感。

"载取白云归去"则从眼前的离别写起。故人之访，给作者多少欢乐、慰藉和温暖。故人又要回去。面对此景，作者当然又会感慨生悲。"问谁留楚佩，弄影中洲"写出了自己与他两情依依之感。"折芦花赠远，零落一身秋。"这里表现出赠者零落如秋叶的心情。他以芦花来比己"零落一身秋"的凄况，饱寓他生不逢时的痛感。"向寻常野桥流水，待招来，不是旧沙鸥。"而故人既远，"野桥流水"附近也能招集到三朋二友，但终非沈尧道、赵学舟之类故交了。"空怀感，有斜阳处，却怕登楼。"惆怅寂寞只能靠登楼远望排解。但余晖斜照的景色，只能徒增伤悲。所以又缩回了脚步！

 **相关链接**

《鹧鸪天·楼上谁将玉笛吹》《高阳台·西湖春感》

 **名句推荐**

向寻常、野桥流水，待招来，不是旧沙鸥。

58. 浣溪沙·初夏夜饮归

（明）陈继儒

桐树花香月半明，棹①歌归去螇蛄②鸣。曲曲柳湾茅屋矮，挂鱼罾③。
笑指吾庐何处是？一池荷叶小桥横。灯火纸窗修竹里，读书声。

 诗词解意

　　月色浅浅，映照着梧桐树，周围花气缭绕，惹人回味。我撑着渔船载歌而归，蟋蟀叫个不停。前方弯弯曲曲的柳塘岸边是一座座挂满渔网的低矮小茅屋。

　　笑着指向我的茅屋，在那一池荷叶上的小桥后面啊。修长的竹子旁边，透过纸窗能看到烛火闪烁，里面能听见朗朗的读书声呢！

了解字词

　　① 棹：船桨，此指船。② 螇蛄（huì gū）：蝉科昆虫，初夏鸣。③ 鱼罾（zēng）：鱼网。

认识作者

　　陈继儒（1558—1639）明代文学家、书画家。字仲醇，号眉公、麋公。华亭（今上海松江区）人。诸生，年二十九，隐居小昆山，后居东佘山，杜门著述，工诗善文，书法苏、米，兼能绘事，屡奉诏征用，皆以疾辞。擅墨梅、山水，画梅多册页小幅，自然随意，意态萧疏。论画倡导文人画，持南北宗论，重视画家的修养，赞同书画同源。有《梅花册》《云山卷》等传世。著有《妮古录》《陈眉公全集》《小窗幽记》。

这是一首记游小词。由明朝著名的画家和诗人陈继儒所做,陈继儒一生淡泊名利,不追逐富贵和浮名,朝廷屡次征召皆被婉拒。一生归隐在乡下,专心作诗绘画,无拘无束,怡然自得。这首词是陈继儒生活的典型写照,他的诗词与唐代王维略有几分相似之处,均是诗中有画,画中有诗。如同词的上半阕,诗人便描绘了一个归隐之人夜晚棹歌回来的场景。这两句采用动静结合的手法来进行描绘,月光是静的,梧桐树是静的,荷塘是静的,茅屋也是静的,但是却只有蟋蟀的声音是动的。这种以动衬静的手法作用十分恰当。有了蟋蟀的声音,反而是更加衬托了环境的静谧。在词的后半阕,诗人将自己的生活进一步描述出来,在如此安静和诗情画意的地方,竹林里传出朗朗的读书声。这里同样是运用了动静结合与对比的手法,表达了诗人悠然自得的淡泊。与朝廷中权党之争相比,诗人明显要生活得更加随性快乐。全词清新柔和,流丽自然。

《村居》《月下登金山》《题毕钵山图》

桐树花香月半明,棹歌归去蟋蟀鸣。

59. 临江仙·夜泊瓜洲

(清)吴锡麒

月黑星移灯屡闪,依稀①打过初更。清游如此太多情。豆花凉帖地,知雨咽虫声。

渐逼疏蓬风淅淅②,几家茅屋都扃③。茨茹荷叶认零星。不知潮欲落,渔梦悄然生。

诗词解意

月光黯然,尘星斗转,灯光隐隐约约闪烁,仿佛耳畔听到,夜来的第一声更。逍遥自在,从容闲游,此中别具情致。豆苗花攀附在地面,细雨中虫声寂然。

微风轻拂,将近人家,能看到户上蓬顶,稀稀落落几家屋子,门扉全阖。看那水中的茨茹与荷叶,似是夜空里零散的星。静静看着一切,却忘记潮水将要落下,也不知何时进入梦乡,隐遁这渔村之中。

了解字词

① 依稀:仿佛。② 淅淅:微风声。③ 扃(jiōng):关闭。

认识作者

吴锡麒(1746—1818),清代文学家。字圣征,号谷人。钱塘(今浙江杭州)人。乾隆四十年(1775年)进士。曾为翰林院庶吉士,授编修。后两度充会试同考官,擢右赞善,入直上书房,转侍讲侍读,升国子监祭酒。他生性耿直,不趋权贵,但名著公卿间。在上书房时,与皇曾孙相处甚洽,成为莫逆之交,凡得一帖一画,必一起题跋,深受礼遇。后以亲老乞养归里。主讲扬州安定乐仪书院安定、爱山、云间等书院至终,时时注意提拔有才之士。有子吴清皋、吴清鹏。

品品滋味

此词结构紧凑,词意盎然,内容丰富。上阙写景,下阙语情,让读者由景转入情生,可谓词人苦心孤诣。该词初点明时间,旋即呈现星空景致,于是基于舟中人之视野,辨明星空更声,细数荷叶茨茹。美好的景观让作者认为自己与天地浑然为一体。诗兴趣味,全然大发。而后阕俨然为兴致所起,作者将自己眼中所看到的一切描写得淋漓尽致。思虑所至,淡然之处,静极欲眠,又可思为隐遁遐思。无论"凉"

"咽"二字,均为可圈点之妙笔。作者在最后点出自己深陷眼前的一切,不知不觉中进入梦乡,藏身于渔村,此情此景正如同明末隐士李师榷所言,言夜言寂,实周遭环境之不遇也。言水言荷,乃心胸之归于隐也。作者营造了一个闲情雅致的氛围,或许作者真的陶醉于周围迷人的环境,但可能作者只是借观景暂时遗忘心中的忧愁。

 相关链接

《菩萨蛮·春波软荡红楼水》《少年游·江南三月听莺天》

 名句推荐

清游如此太多情。豆花凉帖地,知雨咽虫声。

 阅读与欣赏

60. 醒心亭^①记

(宋)曾巩

滁州之西南,泉水之涯,欧阳公作州之二年,构亭曰"丰乐",自为记,以见其名义。既又直丰乐之东,几百步,得^②山之高,构亭曰"醉心",使巩记之。

凡公与州宾客者游焉,则必即丰乐以饮。或醉且劳矣,则必即醒心而望,以见夫群山相环,云烟之相滋^③,旷野之无穷,草树众而泉石嘉^④,使目新乎其所睹,耳新乎其所闻,则其心洒然^⑤而醒,更欲久而忘归也,故即^⑥其事之所以然^⑦而为名,取韩子退之^⑧《北湖》^⑨之诗云。噫!其可谓善取乐于山泉之间,而名之以见其实^⑩,又善者矣。

虽然,公之作乐,吾能言之,吾君^⑪优游^⑫而无为于上,吾民给足^⑬而无憾于下。天下之学者,皆为才且良^⑭;夷狄^⑮鸟兽草木之生者,皆得其宜。公东也,一山之隅^⑯,一泉之旁,岂公乐哉?乃公所寄意于此也。

若公之贤,韩子殁^⑰数百年而始有之。今同游之宾客,尚未知公之难遇也。后百千年,有慕公之为人,而览公之迹,思欲见之,有不可及之叹,然后知公之难遇也。则凡同游于此者,其可不喜且幸欤!而巩也,又得以文词托名^⑱于公文之次,其又不喜且幸欤!

庆历七年八月十五日记。

 诗词解意

　　在滁州的西南面，一泓泉水的旁边，欧阳公任知州的第二年，建造了一个名叫"丰乐"的亭子，并亲自作记，以表明这个名称的由来。不久以后，又在丰乐亭的东面几百步，找到一个山势较高的地方，建造了一个叫"醒心"的亭子，让我作记。

　　每逢欧阳公与州里的宾客们到这里游览，就肯定要到丰乐亭喝酒。有时喝醉了，就一定要登上醒心亭眺望。那里群山环抱，云雾相生，旷野无垠，草木茂盛，泉水嘉美，所见到的美景使人眼花缭乱，所听到的泉声使人为之一振。于是心胸顿觉清爽，洒脱而酒醒，更想久留而不返回了。所以就根据这个缘故给亭命名为"醒心亭"，是取自韩退之的《北湖》诗。啊，这大概可以称得上是善于在山水之间寻找快乐，又用所见到的美景来给它命名吧，这就更有水平了。

　　尽管这样，我是能够说出欧阳公真正的快乐。我们的皇帝在上悠然自得，无为清静；我们的百姓在下丰衣足食，心无不满；天下的学者都能成为良材；四方的少数民族以及鸟兽草木等生物都各得其宜。这才是欧阳公真正的快乐啊！一个山角落，一汪清泉水，哪里会是欧阳公的快乐所在呢？他只不过是在这里寄托他的感想啊！

　　像欧阳公这样的贤人，韩愈死后几百年才产生一个。今天和他同游的宾客还不知道欧阳公那样的贤人是很难遇到的。千百年后，有人仰慕欧阳公的为人，瞻仰他的遗迹，而想要见他的人，就会因没有与他同时代而感叹。到那时，才知道遇到欧阳公真难。如此说来，凡是现在与欧阳公同游的人，能不感到欢喜和幸运吗？而我曾巩又能够用这篇文章托名在欧阳公文章的后面，又能不欢喜和庆幸吗？

　　宋仁宗庆历七年八月十五日记。

 了解字词

　　① 醒心亭：古亭名，在滁州西南丰乐亭东山上，欧阳修所建。② 得：寻到。③ 滋(zī)：生。④ 嘉(jiā)：美。⑤ 洒(sǎ)然：不拘束的样子。⑥ 即：猜想。⑦ 所以然：可以造成这种醒心的效果。⑧ 韩子退之：即韩愈，字退之。⑨《北湖》：韩愈的诗歌作品。⑩ 其实：这个地方真实的情景。⑪ 吾君：这里指宋仁宗。⑫ 优游：悠闲自得的样子。⑬ 给(jǐ)足：富裕，丰足。⑭ 且良：泛指有才能。⑮ 夷(yí)狄

(dí):泛指少数民族。夷:我国古代对东部各民族的统称。狄:我国古代北部的一个民族。⑯ 隅(yú):角落。⑰ 殁(mò):死。⑱ 托名:依托他人而扬名。

认识作者

曾巩(1019—1083),北宋散文家。字子固,南丰(今属江西)人。嘉祐进士,曾奉召编校史馆书籍,官至中书舍人。为文平易畅达,名列"唐宋八大家"之一。曾著文对当时在位者的因循苟且表示不满,提出"法者所以适变也,不必尽同;道者所以立本也,不可不一",主张在"合乎先王之意"的前提下对"法制度数"进行一些改易更革。所著有《元丰类稿》。

品品滋味

"醉翁之意不在酒,在乎山水之间也。"曾巩的《醒心亭记》则借助记游醒心亭,抒发了儒家关心政治与积极的人生意识,写景记游不是作者真正的写作目的。醒心亭空亭翼然,显出吐纳云气的空灵之美;登高远眺,有"群山之相环,云烟之相滋,旷野之无穷,草树众而泉石嘉"之美,但并不是欧阳修真乐之所在。欧阳修的"真乐"在于对政治的关注,对统治者"无为而治"和老百姓安居乐业生活的追求和向往。欧阳修被贬滁州,仍然忧国忧民,他悠闲地游览醒心亭时心中却澎湃着激越的政治豪情。

以景物衬托心境,是古代作家一贯的表现形式。"群山之相环,云烟之相滋,旷野之无穷,草树众而泉石嘉"的美景,与"吾君优游而无为于上,吾民给足而无憾于下,天下学者皆为材且良,夷狄鸟兽草木之生者皆得其宜"的政治"清明图"相映衬,突出了欧阳修澎湃于胸中的宏大政治抱负。

全文结构严谨巧妙,细针密缝,前后呼应。文章夹叙夹议,景中寓理,醇厚清新。

相关链接

《越州赵工救灾记》《寄欧阳舍人书》

名句推荐

其可谓善取乐于山泉之间,而名之以见其实,又善者矣。

寄情篇

61. 汉广

（先秦）《国风·周南》

南有乔木^①，不可休息^②；汉^③有游女^④，不可求思。

汉之广矣，不可泳思；江之永矣^⑤，不可方^⑥思。

翘翘^⑦错薪^⑧，言刈其楚^⑨；之子于归^⑩，言秣^⑪其马。

汉之广矣，不可泳思；江之永矣，不可方思。

翘翘错薪，言刈其蒌^⑫；之子于归，言秣其驹^⑬。

汉之广矣，不可泳思；江之永矣，不可方思。

诗词解意

南有大树枝叶高，树下行人休憩少；汉江有个漫游女，想要追求只徒劳。

浩浩汉江多宽广，不能泅渡空惆怅；滚滚汉江多漫长，不能摆渡空忧伤。

杂树丛生长得高，砍柴就要砍荆条；那个女子如嫁我，快将辕马喂个饱。

浩浩汉江多宽广，不能泅渡空惆怅；滚滚汉江多漫长，不能摆渡空忧伤。

杂草丛生乱纵横，割下蒌蒿作柴薪；那个女子如嫁我，快饲马驹驾车迎。

浩浩汉江多宽广，不能泅渡空惆怅；滚滚汉江多漫长，不能摆渡空忧伤。

了解字词

①　乔木：高大的树木。②　息：依《韩诗》当作"思"，语助词。③　汉：即汉水，长江最长的支流，流经陕西、湖北，在武汉汇入长江。④　游女：游玩的女子。⑤　江：江水，即长江。永：长。⑥　方：桴，筏子。此处用作动词，意谓坐木筏渡江。⑦　翘翘(qiáo qiáo)：高出。⑧　错薪：丛杂的柴草。古代嫁娶必以燎炬为烛，故《诗经》嫁娶多以折薪、刈楚为兴。⑨　刈(yì)：割。楚：荆树。⑩　于归：古代女子出嫁。⑪　秣(mò)：用谷草喂马。⑫　蒌(lóu)：蒌蒿，也叫白蒿，一种生长在水边的草。嫩时可

食,老则为薪。⑬ 驹(jū):小马。

  《汉广》是先秦现实主义诗集《诗经》中《国风·周南》的一篇,是先秦时代的民歌。这是一首恋情诗,抒情主人公是位青年樵夫,他钟情一位美丽的姑娘,却始终难遂心愿,情思缠绕,无以解脱,面对浩渺的江水,他唱出了这首动人的诗歌,倾吐了满怀惆怅的愁绪。

品品滋味

  这世上,人们往往对于自己得不到的事物总是心心念念,物质如是,爱情亦如是。对于很多人而言,埋藏于内心最深处的情感莫过于一场轰轰烈烈的单相思,因而《汉广》传唱了千年依然经久不衰。

  《汉广》全篇三章,前一章独立,后两章叠咏。诗歌开头就以起兴手法预告着一场求之不得的结果。起兴,叫"兴"。"兴者,先言他物以引起所咏之辞也。"(朱熹《诗集传》)就是说,先说其他事物,再说要说的事物。它一般用在诗章或各节的开头,是一种利用语言因素建立在语句基础上的"借物言情,以此引彼"的艺术表现手法。南方的乔木高大蓊蘙却不能够在树下休息,这究竟是为什么呢? 是因为这棵树不属于你,所以诗歌中的那个青年樵夫在张望着自己心仪的女子,却可见而不可求,只能隔着一条汉江做着自己灵魂深处绮丽的梦:如果有一天"游女"来嫁我,先把马儿喂喂饱;如果有一天"游女"来嫁我,喂饱驹儿把车拉。寥寥几行简短的诗句却写出了一个青年男子情深似海的幻想,《国风》里的诗歌多用四言一句的形式,往往会以最质朴的语言描摹最深重的情感。然而倘若是两情相悦,这汉江即便如沧海一样宽广,也是可以渡越的。然而如今我在你对面,你却并不知道我爱你,这汉江也便成了世上最遥远的距离,纵然盈盈一水间,也是脉脉不得语。

  诗歌最后抒发了青年樵夫求之而不得的无限怅惘,也许爱情本身最让人割舍不下的不是得偿所愿的欣喜,而是自己一路上苦苦的追寻。

  《国风·周南·关雎》《国风·秦风·蒹葭》

悦读时光

古典文学卷(上册)

南有乔木,不可休息;汉有游女,不可求思。

阅读与欣赏

62. 涉江采芙蓉

《古诗十九首》

涉江采芙蓉①,兰泽②多芳草。
采之欲遗③谁,所思④在远道。
还顾⑤望旧乡,长路漫浩浩⑥。
同心⑦而离居,忧伤以终老⑧。

诗词解意

踏过江去采荷花,越过沼泽采兰草。
采了花草送与谁,思念的人在远方。
回想故乡的爱人,道路广阔又漫长。
漂泊异乡且相思,愁苦忧伤以终老。

了解字词

① 芙蓉:荷花的别名。② 兰泽:生有兰草的沼泽地。芳草:这里指兰草。③ 遗 (wèi):赠予。④ 所思:所思念的人。远道:犹言"远方",遥远的地方。⑤ 还顾:回顾,回头看。⑥ 漫浩浩:犹"漫漫浩浩",这里用以形容路途的广阔无边。漫,路长貌。浩浩,水流貌。⑦ 同心:古代习用的成语,多用于男女之间的爱情关系,这里

是说夫妇感情的融洽。⑧ 终老：度过晚年直至去世。

介绍篇目

《涉江采芙蓉》是产生于汉代的一首文人五言诗，是《古诗十九首》之一。此诗借助他乡游子和家乡思妇采集芙蓉来表达相互之间的思念之情，深刻地反映了游子思妇的现实生活与精神生活的痛苦。全诗运用借景抒情及白描手法抒写漂泊异地失意者的离别相思之情；从游子和思妇两个角度交错叙写，表现游子思妇的强烈情感；运用悬想手法，在虚实结合中强化了夫妻之爱以及妻子对丈夫的深情。

品品滋味

《汉魏六朝诗鉴赏辞典》中将这首诗定义为一首单纯的抒情诗。诗歌运用了白描手法，用直率自然、平实朴素的语言表达浓烈的思念之情。然而在诗歌单纯的外表下，却有一颗婉曲的心。诗中的很多句子并未有明确的主语，因而究竟是谁在"涉江采芙蓉"，是谁在"还顾望旧乡"，诗歌的主语究竟是"思妇"还是"游子"一直都存在着很大的争议。于是《汉魏六朝诗鉴赏辞典》中提出了一个婉曲的说法，何谓婉曲，就是用委婉曲折的方式含蓄闪烁的言辞，流露或暗示想要表达的本意。诗歌虚拟了"思妇"之词，借"思妇"的口吻悬想出游子思念故乡的场景。也许从情感的表达而言，男子多内敛，女子多恣意。借思妇之忧思更能将游子的乡愁宣泄得淋漓尽致。

很多时候，最深切的情感往往体现在最简单的言语中，比如这首诗歌的开头"涉江采芙蓉，兰泽多芳草"。相对于"河""湖"而言，江水奔腾而宽广，可见采摘芙蓉并不是件容易的事，更有接下来的长满兰草的沼泽。然而置身险地却依然执意去采摘，不是苦苦支撑着的经久情思又是什么。江南一年一度的采莲原本热闹非凡，"莲叶何田田，鱼戏莲叶间"。然而这个思念着丈夫的女子越是在喧闹的场景下越是忧从中来，"采之欲遗谁？所思在远道"，所思之人远在天涯，那么此时眼前的喧闹、美好与欢乐于这个思妇又有什么关系呢？环境与人物内心有着"乐"与"哀"的强烈反差，并不是凄冷萧瑟的清秋最能烘托人物凄凉的心境，很多时候置身于喧嚣的地方却不属于这里才最让人感到寂寞与孤独。

《行行重行行》

采之欲遗谁，所思在远道。

63. 白头吟

《汉乐府》

皑①如山上雪，皎②若云间月。
闻君有两意③，故来相决④绝。
今日斗⑤酒会，明旦⑥沟水头。
蹀躞⑦御沟上，沟水东西流⑧。
凄凄复凄凄⑨，嫁娶不须啼。
愿得一心人，白首不相离。
竹竿何嫋嫋⑩，鱼尾何簁簁⑪！
男儿重义气⑫，何用钱刀⑬为！

诗词解意

爱情纯如山上雪，爱情明如云间月。
听闻君心有二心，故来与君相决裂。
今日置酒暂相聚，明早沟边即分手。

移动脚步沿沟走,昨日犹如水东流。
当初毅然随君去,出嫁也没凄凄啼。
只愿郎君心意专,白头偕老不分离。
竹竿轻细且柔长,鱼儿活泼又可爱。
男子当以情谊重,金钱难补二心人。

了解字词

① 皑:白。② 皎:白。③ 两意:就是二心(和下文"一心"相对),指情变。④ 决:别。⑤ 斗:盛酒的器具。这两句是说今天置酒作最后的聚会,明早沟边分手。⑥ 明旦:明日。⑦ 躞(xiè)蹀(dié):走貌。御沟:流经御苑或环绕宫墙的沟。⑧ 东西流,即东流。"东西"是偏义复词。这里偏用东字的意义。以上二句是设想别后在沟边独行,过去的爱情生活将如沟水东流,一去不返。⑨ 凄凄:悲伤状。⑩ 竹竿:指钓竿。嫋嫋:动摇貌。一说柔弱貌。⑪ 簁(shāi)簁:形容鱼尾像濡湿的羽毛。在中国歌谣里钓鱼是男女求偶的象征隐语。这里用隐语表示男女相爱的幸福。⑫ 义气:这里指感情、恩义。⑬ 钱刀:古时的钱有铸成马刀形的,叫"刀钱",又称"钱刀"。

介绍篇目

《白头吟》是一首汉乐府民歌,属《相和歌辞》,有人认为是汉代才女卓文君所作,但存有较大争议。其中"愿得一心人,白首不相离"为千古名句。此诗通过女主人公的言行,塑造了一个个性爽朗、感情强烈的女性形象,表达了主人公失去爱情的悲愤和对于真正纯真爱情的渴望,以及肯定真挚专一的爱情态度,贬斥喜新厌旧、半途相弃的行为。

品品滋味

《汉魏六朝诗鉴赏辞典》中将这首诗歌定义为一首汉乐府民歌,作者也并非卓文君,而是以一个女子的口吻写其因见弃于用情不专的丈夫而表示出决绝之辞。而现今的很多参考资料喜欢将其附会于卓文君与司马相如的爱情故事,也许连卓文君这样人美家境好才华横溢的女子尚且要写诗诉说丈夫变心的幽怨,表明自己对纯真美好爱情的高尚态度,更可见现实中的爱情本没有众人所想的那般阳光明媚。张爱玲就曾经说过："感情原来是这么脆弱的。经得起风雨，却经不起平凡。"王昌龄也有诗云："勿听《白头吟》，人间易忧怨。"

自人类社会进入父系氏族以来，女性在社会上逐渐失去了其主导地位。因而在众多以女性口吻写的诗歌中，吐露的忧思较多。然而本首诗歌虽然是写面对着丈夫的感情不专，却没有丝毫的委曲求全，也没有悲怆的呼天抢地，更没有疯狂的诅咒和软弱的悲哀，而是真切地表现出一个女子高尚的人格和尊严。她将自己萎谢的心遮掩起来，平和而安静地与负心之人告别，纵然是弃妇也要胸襟开阔、气度闲静。诗歌中运用了大量的比兴和对偶如皑皑白雪、皎皎明月、嫋嫋竹竿、簁簁鱼尾，形象生动且意境悠远。

 相关链接

《孔雀东南飞》

 名句推荐

愿得一心人，白首不相离。

 阅读与欣赏

64. 西洲曲①

南朝乐府民歌

忆梅下西洲，折梅寄江北②。
单衫杏子红，双鬓鸦雏色③。
西洲在何处？两桨桥头渡④。
日暮伯劳⑤飞，风吹乌臼⑥树。
树下即门前，门中露翠钿⑦。
开门郎不至，出门采红莲。

145

采莲南塘秋,莲花过人头。

低头弄莲子⑧,莲子青如水⑨。

置莲怀袖中,莲心⑩彻底红。

忆郎郎不至,仰首望飞鸿⑪。

鸿飞满西洲,望郎上青楼⑫。

楼高望不见,尽日⑬栏杆头。

栏杆十二曲,垂手明如玉。

卷帘天自高⑭,海水摇空绿。

海水梦悠悠⑮,君愁我亦愁。

南风知我意,吹梦到西洲。

 诗词解意

思念梅花很想去西洲,去折下梅花寄去长江北岸。

(她那)单薄的衣衫像杏子那样红,头发如小乌鸦那样黑。

西洲到底在哪里?从桥头划船过去,划两桨就到了。

天色晚了伯劳鸟飞走了,晚风吹拂着乌桕

树下就是她的家,门里露出她翠绿的钗钿。

她打开家门没有看到心上人,便出门去采红莲。

秋天的南塘里她摘着莲子,莲花长得高过了人头。

低下头拨弄着水中的莲子,莲子就像湖水一样青。

把莲子藏在袖子里,那莲心红得通透底里。

思念郎君郎君却还没来,她抬头望向天上的鸿雁。

西洲的天上飞满了雁儿,她走上高高的楼台遥望郎君。

楼台虽高却看望不到郎君,她整天倚在栏杆上。

栏杆曲曲折折弯向远处,她垂下的双手明润如玉。

卷起的帘子外天是那样高,如海水般荡漾着一片空空泛泛的深绿。

如海水像梦一般悠悠然然,郎君你忧愁我也忧愁啊。

南风若知道我的情意,请把我的梦吹到西洲(与他相聚)。

了解字词

①《西洲曲》:选自《乐府诗集·杂曲歌辞》。这首诗是南朝民歌。西洲曲,乐府曲调名。② 忆梅下西洲,折梅寄江北:意思是,女子见到梅花又开了,回忆起以前曾和情人在梅下相会的情景,因而想到西洲去折一枝梅花寄给在江北的情人。下,往。西洲,当是在女子住处附近。江北,当指男子所在的地方。③ 鸦雏色:像小乌鸦一样的颜色。形容女子的头发乌黑发亮。④ 两桨桥头渡:从桥头划船过去,划两桨就到了。⑤ 伯劳:鸟名,仲夏始鸣,喜欢单栖。这里一方面用来表示季节,一方面暗喻女子孤单的处境。⑥ 乌臼:现在写作"乌桕"。⑦ 翠钿:用翠玉做成或镶嵌的首饰。⑧ 莲子:和"怜子"谐音双关。⑨ 青如水:和"清如水"谐音,隐喻爱情的纯洁。⑩ 莲心:和"怜心"谐音,即爱情之心。⑪ 望飞鸿:这里暗含有望书信的意思。因为古代有鸿雁传书的传说。⑫ 青楼:油漆成青色的楼。唐朝以前的诗中一般用来指女子的住处。⑬ 尽日:整天。⑭ 卷帘天自高,海水摇空绿:卷帘眺望,只看见高高的天空和不断荡漾着碧波的江水。海水,这里指浩荡的江水。⑮ 海水梦悠悠:梦境像浩荡的江水一样悠长。

介绍篇目

《西洲曲》是南朝乐府民歌名,最早著录于徐陵所编《玉台新咏》。是南朝乐府民歌中最长的抒情诗篇,历来被视为南朝乐府民歌的代表作。诗中描写了一位少女从初春到深秋,从现实到梦境,对钟爱之人的苦苦思念,洋溢着浓厚的生活气息和鲜明的感情色彩,表现出鲜明的江南水乡特色和纯熟的表现技巧。全诗三十二句,四句一解,用蝉联而下的接字法,顶真勾连。全诗技法之巧,令人拍案叫绝。

品品滋味

中年心事浓如酒,少女情怀总是诗。若论起情感,还是年少的时候一往情深。那时,清澈的眼眸还未沾染世俗的霜尘,一句暖心的话,一个牵手的约定皆可看成永恒。这就是为何南朝的乐府诗歌《西洲曲》读起来会让人愁思萦绕、感慨良多。这首诗以一个江南少女的口吻,抒发着对江北情郎的无极相思,堪称南朝乐府爱情诗之绝唱。

早在先秦时期,《诗经·卫风·氓》中便有"女之耽兮,不可脱也",意思是女子沉于爱情中便难以脱身，无法自拔。《西洲曲》中的这个少女与情郎分别两地，深陷相思之中。西洲是他们曾经相会的地方，那里的一草一木皆有回忆，因而她前往西洲折梅一枝以寄江北，梅花虽简单而常见却承载了一个少女无边无际的思念。"单衫杏子红，双鬓鸦雏色"，诗歌以"杏子""雏鸦"这样的暮春之景融入少女的衣装。白落梅曾说春景最是虚实相生，看似姹紫嫣红喧闹无比，却又繁华疏落饮尽孤独。因而诗歌中的少女便如这春景一般，虽外有青春之美，可内有相思之忧。她的忧思在其行为举止间表露无疑，"树下即门前，门中露翠钿。开门郎不至，出门采红莲"。她误以为门前的落叶声是情郎清碎的脚步声，于是从门缝中探出头急切地盼望。可发现原来是自己的误听，顿时失落与窘迫一起涌上心头，可为了掩人耳目不得不借故出门采红莲。这种娇羞脉脉的举止、深陷相思的神色、巧做掩饰的动作都在诗歌中微妙地展现出来。也许，"天涯海角有穷时，只有相思无尽处"。

　　本首诗歌艺术造诣自然高妙，"采莲南塘秋，莲花过人头。低头弄莲子，莲子青如水"，比喻之美，双关之巧，令人读完之后多少也会惦记着江南了。诗歌的构思更是具备中国诗歌意境回环宛转之美，四季相思，日夜相思，相思于西洲，相思于南塘，起自西洲，终于西洲。《汉魏六朝诗鉴赏辞典》对其评价："诗中所写之爱情，是清如秋水之纯情，更具有一种择善固执而不舍之向上的精神，这是中国爱情诗之真谛。"

相关链接

《子夜歌》

名句推荐

南风知我意，吹梦到西洲。

阅读与欣赏

65. 长干行^①

（唐）李白

寄情篇

妾发初复额，折花门前剧。

郎骑竹马来，绕床^②弄青梅。

同居长干里^③，两小无嫌猜，

十四为君妇，羞颜未尝开。

低头向暗壁，千唤不一回。

十五始展眉，愿同尘与灰。

常存抱柱信^④，岂上望夫台。

十六君远行，瞿塘滟滪堆^⑤。

五月不可触，猿声天上哀^⑥。

门前迟行迹^⑦，一一生绿苔^⑧。

苔深不能扫，落叶秋风早。

八月蝴蝶黄，双飞西园草。

感此伤妾心，坐愁红颜老。

早晚^⑨下三巴^⑩，预将书报家。

相迎不道远，直至长风沙^⑪。

 诗词解意

我的头发刚刚盖过额头，便同你一起在门前做折花的游戏。

你骑着竹马过来，我们一起绕着井栏，互掷青梅为戏。

我们同在长干里居住，两个人从小都没什么猜忌。

十四岁时嫁给你作妻子，害羞得没有露出过笑脸。

低着头对着墙壁的暗处，一再呼唤也不敢回头。

十五岁才舒展眉头，愿意永远和你在一起。

常抱着至死不渝的信念,怎么能想到会走上望夫台?

十六岁时你离家远行,要去瞿塘峡滟滪堆。

五月水涨时,滟滪堆不可相触,两岸猿猴的啼叫声传到天上。

门前是你离家时徘徊的足迹,渐渐地长满了绿苔。

绿苔太厚,不好清扫,树叶飘落,秋天早早来到。

八月里,黄色的蝴蝶飞舞,双双飞到西园草地上。

看到这种情景我很伤心,因而忧愁容颜衰老。

无论什么时候你想下三巴回家,请预先把家书捎给我。

迎接你不怕道路遥远,一直走到长风沙。

了解字词

① 长干行:属乐府《杂曲歌辞》调名。② 床:井栏,后院水井的围栏。③ 长干里:在今南京市,当年系船民集居之地,故《长干曲》多抒发船家女子的感情。④ 抱柱信:典出《庄子·盗跖篇》,写尾生与一女子相约于桥下,女子未到而突然涨水,尾生守信而不肯离去,抱着柱子被水淹死。⑤ 滟(yàn)滪(yù)堆:三峡之一瞿塘峡峡口的一块大礁石,农历五月涨水没礁,船只易触礁翻沉。⑥ 天上哀:哀一作"鸣"。⑦ 迟行迹:迟一作"旧"。⑧ 生绿苔:绿一作"苍"。⑨ 早晚:多早晚,犹何时。⑩ 三巴:地名。即巴郡、巴东、巴西。在今四川东部地区。⑪ 长风沙:地名,在今安徽省安庆市的长江边上,距南京约700里。

介绍篇目

《长干行》是唐代诗人李白的组诗作品,这首为其一。诗歌以商妇独白自述的手法,反映古代商人妻子的生活与情感。此诗描绘了商妇各个生活阶段的生活侧面,展现了一幅幅鲜明生动的画面,塑造出了一个对理想生活执着追求和热切向往的商贾思妇的艺术形象。

品品滋味

爱情是件很微妙的东西,仿佛一定要有艰难险阻,一定要有生离死别才能让人心中的执念经久不散,开出新鲜的花朵。因而在中国历朝历代的很多爱情诗歌里,一定会有一个苦苦等待的人,望穿秋水,抒写愁情。然而能如李白的这首《长干行》一般诗调爽朗明快、真挚动人、故事性浓厚的作品却并不多见。

长干，其地在今南京市，原本是古金陵里巷，这里的居民多从事商业。既然是从事商业，那么不可避免的就是夫妻分离。早在六朝的乐府诗歌中就有很多"吴声""西曲"的篇章是表现商妇与丈夫离别的悲思。本首诗歌以女子自述的口吻从女子的童年时期开始写起。"郎骑竹马来，绕床弄青梅"，这是儿时的欢乐，也是初见的美好，更是感情的基础。"十四为君妇，羞颜未尝开。低头向暗壁，千唤不一回。"这是新婚时羞涩，细腻纯真。"十五始展眉，愿同尘与灰。"这是一对少年夫妻婚后炽热的爱恋。年少时相信永远，心中充满了对爱情的坚定不移，也许幻想过无数个分离的场面，但怀着尾生抱柱的信念(《庄子·盗跖》："尾生与女子期于梁下，女子不来，水至不去，抱梁柱而死)，即使化成灰烬，也要生生世世在一起。可是现实总是要面对的，"十六君远行"。这个初尝了新婚之乐的女子再没想到自己也有上望夫台的一天，丈夫远行的地方有三峡之险与哀猿长啸，每日苦苦地思念，忧心忡忡的遥想，可纵然万般思念也不抵在爱人肩头痛哭一晚。

李白不少诗歌的艺术创作都受到了乐府诗歌的影响，比如本首诗歌中以年龄序数法来写思妇的生活经历，就与《孔雀东南飞》的开头较为相似；其四季相思的格调也与《西洲曲》颇为相近。诗歌巧妙地运用了夸张等修辞手法，细腻地展现出女主人公细致入微的心理活动及其温婉多情的美丽形象。很多诗句读起来既有着凄婉的相思之情，又有着清丽的音乐之美，浓烈的艺术感在诗歌的字里行间中摇曳生姿。

 **相关链接**

《长干行·忆妾深闺里》《长干行·君家何处住》

 **名句推荐**

郎骑竹马来，绕床弄青梅。

66. 无题·昨夜星辰昨夜风

（唐）李商隐

昨夜星辰昨夜风①，
画楼②西畔桂堂③东。
身无彩凤双飞翼，
心有灵犀④一点通。
隔座送钩春酒暖，
分曹射覆蜡灯红⑤。
嗟⑥余听鼓应官⑦去，
走马⑧兰台⑨类⑩转蓬⑪。

诗词解意

昨夜的星空与昨夜的春风，
在那画楼之西侧桂堂之东。
身虽无彩凤双翅飞到一处，
心却有灵犀一点息息相通。
隔着座位送钩春酒多温暖，
分开小组射覆蜡灯分外红。
叹我听更鼓要去官署应卯，
骑马去兰台心中像转飞蓬。

了解字词

① "昨夜"句：语出《尚书·洪范》中"星有好风"，此含有好会的意思。星辰，众星，星之通称。② 画楼：指彩绘华丽的高楼。一作"画堂"。③桂堂：形容厅堂的华

美。④ 灵犀:犀角中心的髓质像一条白线贯通上下,借喻相爱双方心灵的感应和暗通。⑤ "隔座"二句:邯郸淳《艺经》:"义阳腊日饮祭之后,叟姬儿童为藏钩之戏,分为二曹,以校胜负。"隔座送钩,一队用一钩藏在手内,隔座传送,使另一队猜钩所在,以猜中为胜。分曹,分组。射覆,《汉书·东方朔传》:"上尝使诸数家射覆,置守宫盂下射之,皆不能中。"把东西放在遮盖物下让人猜。⑥ 嗟(jiē):叹词。⑦ 听鼓应官:到官府上班,古代官府卯刻击鼓,召集僚属,午刻击鼓下班。⑧ 走马:跑马。⑨ 兰台:《旧唐书·职官志》:"秘书省,龙朔(高宗年号)初改为兰台。"当时李商隐在做秘书省校书郎。⑩ 类:类似。⑪ 转蓬:《坤雅》:"蓬,末大于本,遇风辄拔而旋。"指身如蓬草飞转。转,一作"断"。

介绍篇目

《无题·昨夜星辰昨夜风》是唐代诗人李商隐的无题系列作品其一。此诗着重抒写相爱而受到重重阻隔不能如愿的怅惘之情;诗人在对爱情的表达中,也隐约透露出身世的感伤。这组无题诗有很高的艺术价值,在抒写心理活动方面尤为出色,历来脍炙人口,堪称千古佳作。

品品滋味

李商隐的《无题》系列在其创作的诗歌中最为著名。这一系列诗歌精于诗歌的韵律格式,却又将杂乱的情思、难诉的心绪深藏在诗歌的字里行间,看似倾吐着与相爱之人远隔蓬山的苦楚,却又像抒发与君王擦肩而过没被赏识的惆怅。

本首诗歌中的最让人叹息的,莫过于"昨夜"两个字。"昨夜"说的事已经发生过了,每每想起总是心旌摇曳,却又没有能力回得去,只能当成一种回忆不断追思。星辰与风,皆是自然界中真实存在却又触摸不到的,暗示着昨夜之相逢在生命中真实地发生过却又无可延续。开头第一句便给人一种高寒旷远、清丽婉转之感,令人读之遐想联翩。"身无彩凤双飞翼,心有灵犀一点通"抒写了今朝对意中人的思念。这个意中人也许是昨夜宴会上的惊鸿照影,也许是酒席间的偶然相识,匆匆而过却让人念想不断。以"身无"衬托"心有",虽然由于世俗的重重阻碍以至于不能像凤凰那样有一双翅膀飞越千山万水与意中人相会,可至少还有灵犀相通的心意,一个眼神、一抹微笑便足以带给人无边的喜悦与宽慰。诗人所要表现的不仅仅是情感受到阻碍的苦闷或是心意相通的欣喜,而是阻碍中有默契,苦闷中有欣喜,寂寞中有慰藉。这是复杂的情感交织相互渗透却又层次分明地映照在诗

153

人的笔下,读起来令人百感交集,叹息不已。

诗歌的最后描写了宴会上的灯红酒暖、觥筹交错、笑语喧哗、隔坐送钩、分曹射覆。而如此热闹的场景却阻隔着两个心意相通的人,不能言语却思念倍至。一夜很快终了,晨鼓敲响,对作者而言又是奔忙的一天。昨夜相会的怅惘,今夕漂泊的无奈交汇于诗人心中。诗歌在艺术手法上极力用暖色调渲染宴会上的气氛与之前的星辰清风和作者零落的内心形成鲜明的对比,营造出绮丽婉曲的艺术境界。诗歌中意向鲜明,其主旨也带有多样性,含义丰富而隐晦。因而诗人在对于精神领域和心灵世界的发掘是大大超越了前人与同时期的人,他的《无题》系列也奠定了其在文学史上的地位。

相关链接

《无题·相见时难别亦难》《无题·重帏深下莫愁堂》

名句推荐

身无彩凤双飞翼,心有灵犀一点通。

阅读与欣赏

67. 无题·来是空言去绝踪

(唐)李商隐

来是空言①去绝踪,
月斜楼上五更钟。
梦为远别啼难唤,
书被催成墨未浓。
蜡照半笼金翡翠②,
麝熏微度绣芙蓉③。

刘郎④已恨蓬山远，
更隔蓬山⑤一万重。

 诗词解意

她说过要来的话却落了空，一去便杳无影踪。
我在楼上等着，直到斜月西沉，传来五更的晓钟。
梦见了与你即将远别我悲伤地痛哭，不能自己，
醒后便匆匆忙忙提笔写信，心情急切而墨未磨浓。
蜡烛的余光，半罩着饰有金翡翠的帷幕；
兰麝的香气，熏染了被褥上刺绣的芙蓉。
我像古代的刘郎，本已怨恨蓬山仙境的遥远；
我所思念的人啊，哪堪更隔着蓬山千重万重！

了解字词

① 空言：空话，是说女方失约。② 蜡照：烛光。半笼：半映。指烛光隐约，不能全照床上被褥。金翡翠：指饰以金翠的被子。《长恨歌》："翡翠衾寒谁与共。"③ 麝熏：麝香的气味。麝本动物名，即香獐，其体内的分泌物可作香料。这里即指香气。度：透过。绣芙蓉：指绣花的帐子。④ 刘郎：相传东汉时刘晨、阮肇一同入山采药，遇二女子，邀至家，留半年乃还乡。后也以此典喻"艳遇"。⑤ 蓬山：蓬莱山，指仙境。

介绍篇目

这首诗歌是李商隐《无题》系列的其中一首，诗中写女主人思念远别的情郎，有好景不常在之恨。"梦为远别"为一篇眼目。全诗就是围绕"梦"来写离别之恨。但它并没有按远别—思念—入梦—梦醒的顺序来写。而是先从梦醒时情景写起，然后将梦中与梦后、实境与幻觉糅合在一起，创造出疑梦疑真、亦梦亦真的艺术境界，最后才点明蓬山万重的阻隔之恨，与首句遥相呼应。这样的艺术构思，曲折宕荡，有力地突出爱情阻隔的主题和梦幻式的心理氛围，使全诗充满迷离恍惚的情怀。

155

对于有情人而言,梦里相见是最黯然的无奈。就是因为白日的思念之切,才会有夜晚梦境中的偶然相逢。可是梦总有尽头,纵然梦里色彩斑斓,缠绵悱恻,醒来便全都是破碎的模样,披衣坐起月色微凉,原来是一夜惆怅。因而本首诗歌的第一句说的便是梦醒时分诗人因梦境的幻灭而发出的一声长长的叹息。

全诗都是围绕梦境来写,那么诗人的梦境里有什么呢?他的梦境里有一位思念到极致的人,梦中与之短暂欢聚却又不得不远别,因而悲泣得不能自制。也许是因为梦境里的相遇太过真实,所以醒来立刻奋笔疾书,向远方的她倾诉情思。正是由于心情急切,所以墨还未磨浓,淡淡的墨花散于纸上。李商隐的诗对于这种心理活动的描写刻画得尤为细腻,并擅于在清冷凄清的背景下点缀少许浓墨重彩却又如梦如幻。如"金翡翠""绣芙蓉",这两者属于是暖色调,与之前的月斜西楼的清净之景是一个鲜明的对比,但是在烛光的映照下和麝香的微熏中有着笼纱般的朦胧,也是现实之景与梦境之景的交替,深深地衬托出思念之人的思念之切,思念到分不清梦境与现实,梦境中的相遇与清醒后的寂寥复杂交织。

诗歌最后两句用了刘郎寻仙不遇的典故。相传东汉明帝永平五年刘晨、阮肇入山采药,迷不得出,遇二女子,邀至家留居半年才还。后来刘郎再到天台山寻找,怎么也找不到了。这种受到了天涯远阻的爱情加剧了诗歌整体的悲剧色彩。

 **相关链接**

《无题·飒飒东风细雨来》《无题·凤尾香罗薄几重》

 **名句推荐**

梦为远别啼难唤,书被催成墨未浓。

68. 鹧鸪天·彩袖殷勤捧玉钟①

（宋）晏几道

彩袖②殷勤捧玉钟③，当年拼却④醉颜红。舞低杨柳楼心月，歌尽桃花扇底风⑤。从别后，忆相逢，几回魂梦与君同⑥。今宵剩把⑦银釭⑧照，犹恐相逢是梦中。

诗词解意

当年首次相逢你酥手捧杯殷勤劝酒频举玉盅，是那么的温柔美丽和多情。我开怀畅饮喝得酒醉脸通红。翩翩起舞从月上柳梢的傍晚时分开始，直到楼顶月坠楼外树梢的深夜，我们尽情地跳舞歌唱，筋疲力尽累到无力再把桃花扇摇动。

自从那次离别后，我总是怀念那美好的相逢，多少回梦里与你相拥。夜里我举起银灯把你细看，还怕这次相逢又是在梦中。

了解字词

① 鹧鸪天：词牌名，又名"思佳客"，五十五字。此词黄升《花庵词选》题作《佳会》。② 彩袖：代指穿彩衣的歌女。③ 玉钟：古时指珍贵的酒杯，是对酒杯的美称。④ 拼(pàn)却：甘愿，不顾惜。却：语气助词。⑤ "舞低"二句：歌女舞姿曼妙，直舞到挂在杨柳树梢照到楼心的一轮明月低沉下去；歌女清歌婉转，直唱到扇底儿风消歇(累了停下来)，极言歌舞时间之久。桃花扇，歌舞时用作道具的扇子，绘有桃花。歌扇风尽，形容不停地挥舞歌扇。这两句是《小山词》中的名句。"低"字为使动用法，使……低。⑥ 同：聚在一起。⑦ 剩把：剩，通"尽(jǐn)"，只管。把，持，握。⑧ 银釭(gāng)：银质的灯台，代指灯。

晏几道,字叔原,号小山,抚州临川(今属江西)人,是北宋前期的重要词人,婉约词派的代表作家之一,与其父晏殊合称"二晏",是北宋词坛最后一位专攻小令的词人。一生仕途不利,晚年家道中落。然个性耿介,不肯依附权贵,文章亦自立规模。工令词,多追怀往昔欢娱之作,情调感伤,风格婉丽。有《小山词》传世。

介绍篇目

《鹧鸪天·彩袖殷勤捧玉钟》是宋代词人晏几道的作品。此词写词人与一个女子久别重逢的情景,以相逢抒别恨。上阕利用彩色字面,描摹当年欢聚情况,似实而却虚,当前一现,倏归乌有;下阕抒写久别相思不期而遇的惊喜之情,似梦却真,利用声韵的配合,宛如一首乐曲,使听者也仿佛进入梦境。全词不过五十多个字,而能造成两种境界,互相补充配合,或实或虚,既有彩色的绚烂,又有声音的谐美,故而使得这首词成为作者脍炙人口的名作。

品品滋味

王国维在《人间词话》里曾说"主观之诗人不必多阅世。阅世愈浅,则性情愈真",李煜如是,出生于相门的晏几道也应当属于这类诗人。有很多人认为晏几道的为人很像《红楼梦》小说中的贾宝玉,其虽身为贵公子,却耿介恬淡,厌恶仕途浑浊。他在友人家中遇到了的几个歌女,觉得她们天真淳朴,不似昏暗官场中人的庸俗粗鄙。所以在他的很多词中,对这些灵秀的歌女寄予爱赏与同情。一场久别重逢的相遇被他写得绚烂夺目,如梦如幻。

这首词的上阕回忆的是当年酒宴中奢靡的欢情。"彩绣""玉钟""杨柳""桃花"均是色彩浓艳之词,极力渲染了当时酒宴中声色并茂的绚丽场景。此处以月亮的升落来写酒宴歌舞的时间之长,以夸张的手法来写歌舞之盛。而所有的这些浓墨重彩的描绘与其身份和其所接触到的生活是息息相关、密不可分的。因而北宋赵令畤《侯鲭录》卷七中对其评价:"'舞低杨柳楼心月,歌尽桃花扇底风',自可知此人不生在三家村中也。"然而上阕写得再极致绚烂也是在回忆里,看似实景其实是虚景。下阕才是写了眼前的重逢。而重逢之后的情感却多用了白描的手法,有倾吐,有思慕。"几回梦魂与君同",这是非常直白地向对方诉说相思。对于情感而言,越是思念到极致时语言越是简单。爱情中最能萦绕于心间的不过就是反反复复那几个简单的字"我爱你""我想你""算了吧""对不起"。所以从直白的倾诉中能看出作者的相思至深，对所思之人的魂牵梦萦。

本首词在写作手法上有较为明显的转折。上阕的浓墨重彩与下阕的白描淡写形成鲜明的对比，这与作者的身世变化息息相关。晏几道在其父晏殊亡故之后，仕途坎坷，陆沉下位，生活每况愈下，与之前贵公子生活有着天壤之别，这些变化都丝丝渗透在他的词作中。王国维先生感其词意境稍显狭小，不够开阔，其实对于词人而言，其中滋味只有自己才能真正体味。

 **相关链接**

《鹧鸪天·醉拍春衫惜旧香》《鹧鸪天·十里楼台倚翠微》

名句推荐

舞低杨柳楼心月，歌尽桃花扇底风。

阅读与欣赏

69. 临江仙·梦后楼台高锁①

（宋）晏几道

梦后楼台高锁，酒醒帘幕低垂②。去年春恨却来时，微雨燕双飞③。
记得小蘋④初见，两重心字罗衣⑤。当时明月在，曾照彩云⑥归。

 **诗词解意**

梦醒只见高高楼台阁门紧锁，酒意消退但见帷帘重重低垂。去年冬天惹起的恨

恁来恼我，恰是落花纷坠斯人孤独伫立，落花人独立，细雨霏霏之中燕儿翩翩双飞。

依然清晰记得初次见到小蘋，穿着绣有两重心字的小衣衫。琵琶弦上说相思，拨弹琵琶舞弦诉说相思滋味，当时月光是那样的皎洁如玉，她像一朵美丽的彩云翩然归去。

了解字词

① 临江仙：双调小令，唐教坊曲名，后用为词牌。《乐章集》入"仙吕调"，《张子野词》入"高平调"。五十八字，上下阕各三平韵。约有三格，第三格增二字。柳永演为慢曲，九十三字，前阕五平韵，后阕六平韵。② "梦后"两句：眼前实景，"梦后""酒醒"互文，犹晏殊《踏莎行·小径红稀》所云"一场秋梦酒醒时"；"楼台高锁"，从外面看，"帘幕低垂"，就里面说，也只是一个地方的互文，表示春来意兴非常阑珊。许浑《客有卜居不遂薄游汧陇因题》："楼台深锁无人到，落尽春风第一花。"③ 却来：又来，再来。"去年春恨"是较近的一层回忆，独立花前，闲看燕子，比今年的醉眠愁卧，静掩房栊意兴还稍好一些。郑谷《杏花》："小桃初谢后，双燕却来时。""独立"与双燕对照，已暗逗怀人意。《五代诗话》卷七引翁宏《宫词》"落花人独立，微雨燕双飞。"（翁诗全篇见《诗话总龟》前集卷十一）④ 以下直到篇末，是更远的回忆，即此篇的本事。小苹，当时歌女名。汲古阁本《小山词》作者自跋："始时沈十二廉叔，陈十君宠家，有莲鸿苹云，品清讴娱客。每得一解，即以草授诸儿。"小莲、小苹等名，又见他的《玉楼春》词中。⑤ 心字罗衣：未详。杨慎《词品》卷二："心字罗衣则谓心字香薰之尔，或谓女人衣曲领如心字。"说亦未必确。疑指衣上的花纹。"心"当是篆体，故可作为图案。两重"心"字，含"心心"义。李白《宫中行乐词八首》之一："山花插鬓髻，石竹绣罗衣"，仅就两句字面，虽似与此句差远，但太白彼诗篇末云："只愁歌舞散，化作彩云飞"，显然为此词结句所本，则"罗衣"云云盖亦相绾合。前人记诵广博，于创作时，每以联想的关系，错杂融会，成为新篇。此等例子正多，殆有不胜枚举者。⑥ 彩云：比喻美人。江淹《丽色赋》："其少进也，如彩云出崖。"其比喻美人之取义仍从《高唐赋》行云来，屡见李白集中，如《感遇四首》之四"巫山赋彩云"、《凤凰曲》"影灭彩云断"及前引《宫中行乐词》。白居易《简简吟》："彩云易散琉璃脆。"此篇"当时明月""曾照彩云"，与诸例均合，寓追怀追昔之意，即作者自跋所云。

介绍篇目

《临江仙·梦后楼台高锁》是宋代词人晏几道的代表作,被选入《宋词三百首》。此词写作者与恋人别后故地重游,引起对恋人的无限怀念,抒发对歌女小蘋的挚爱之情。上阕描写人去楼空的寂寞景象,以及年年伤春伤别的凄凉怀抱。"落花"二句套用前人成句而更见出色。下阕追忆初见小蘋温馨动人的一幕,末二句化用李白诗句,另造新境,表现作者对往日情事的回忆及明月依旧、人事全非的怅惘之情。全词结构严谨,情景交融,堪称佳作。

品品滋味

《唐宋词鉴赏辞典》中,说这首词寓有"微痛纤悲"的身世之感。微和纤都有些许、细小之意,说的也许便是诗人在经历了前半生的富贵荣华又遭遇了后半生家道中落之后,看尽了世态炎凉的淡然。

词的上阕以梦开头,"梦后""酒醒"为互文。这里的梦意蕴丰富。也许真的是日有所思夜有所梦,梦当年朋游欢宴的情景;也许指"悲欢离合之事,如幻如电,如昨梦前尘"(《小山词·自序》)。然而虽然往事如梦,可最伤心的还是梦醒酒醒之后的寂寥。晏几道的词作里写梦之处有很多,也许正反映了词人在现实中不得意的苦闷全都宣泄在了梦境里。"春恨"一句引出回忆。"落花""微雨"本是春景里极醉人的情景,可是稍纵即逝。所以当满怀心事的词人见到乱红飞过时想到曾经的繁华生活也如这春景一般杳然而去怎能不愁思袭人黯然神伤。"人独立""燕双飞",孤独本不凄凉,有对比的孤独才凄凉。这两句诗最早出现在五代翁宏的《宫词》(一作《春残》),然而被引入了晏几道的这首词中便宛然注入了新的生命力,意境更为深远。

词的下阕追忆了作者记忆深处的一场人生的初见。纳兰曾有诗云"人生若只如初见",初见时双方都纯美无暇的感觉最让人为之心动。这么多年来,经历了如许世间的风刀霜剑,作者深深眷念的依然是当年那个天真烂漫、娇憨可人的少女,甚至还记得她当年弹琵琶时衣衫上绣着的图案。可是"只愁歌舞散,化作彩云飞",明月依旧,彩云安在?鲁迅曾说:"有至情之人,才能有至情之文。"如晏几道这般伤感中有空灵,忧思中有温婉的诗句也只有如他一般真性情的人才能写得出吧。

161

相关链接

《木兰花·初心已恨花期晚》《南乡子·新月又如眉》

名句推荐

落花人独立，微雨燕双飞。

阅读与欣赏

70. 踏莎行①·郴州②旅舍

（宋）秦观

雾失楼台③，月迷津渡④，桃源望断无寻处⑤。可堪⑥孤馆闭春寒，杜鹃⑦声里斜阳暮。

驿寄梅花⑧，鱼传尺素⑨，砌⑩成此恨无重数。郴江⑪幸自绕郴山，为谁流下潇湘去⑫？

诗词解意

雾迷蒙，楼台依稀难辨，月色朦胧，渡口也隐匿不见。望尽天涯，理想中的桃花源，无处觅寻。怎能忍受得了独居在孤寂的客馆，春寒料峭，斜阳西下，杜鹃声声哀鸣！

远方友人的音信，寄来了温暖的关心和嘱咐，却也平添了我深深的别恨离愁。郴江啊，你本该绕着你的郴山流，为什么偏偏要流到潇湘去呢？

 **了解字词**

　　① 踏莎行:词牌名。② 郴(chēn)州:今属湖南。③ 雾失楼台:暮霭沉沉,楼台消失在浓雾中。④ 月迷津渡:月色朦胧,渡口迷失不见。⑤ 桃源望断无寻处:拼命寻找也看不见理想的桃花源。桃源:语出晋陶渊明《桃花源记》,指生活安乐、合乎理想的地方。无寻处:找不到。⑥ 可堪:怎堪,哪堪,受不住。⑦ 杜鹃:鸟名,相传其鸣叫声像人言"不如归去",容易勾起人的思乡之情。⑧ 驿寄梅花:《荆州记》:"吴陆凯与范晔善,自江南寄梅花诣长安与晔,并赠诗曰:'折梅逢驿使,寄与陇头人。江南无所有,聊赠一枝春。'"⑨ 鱼传尺素:东汉蔡邕的《饮马长城窟行》中有:"客从远方来,遗我双鲤鱼。呼儿烹鲤鱼,中有尺素书。"另外,古时舟车劳顿,信件很容易损坏,古人便将信件放入匣子中,再将信匣刻成鱼形,美观而又方便携带。"鱼传尺素"成了传递书信的又一个代名词。这里也表示接到朋友问候的意思。⑩ 砌:堆积。无重数:数不尽。⑪ 郴江:清顾祖禹《读史方舆纪要·湖广》载:郴水在"州东一里,一名郴江,源发黄岑山,北流经此……下流会来水及自豹水入湘江。"辛自:本自,本来是。⑫ 为谁流下潇湘去:为什么要流到潇湘去呢? 意思是连郴江都耐不住寂寞,何况人呢? 为谁,为什么。潇湘,潇水和湘水,是湖南境内的两条河流,合流后称湘江,又称潇湘。

介绍篇目

　　《踏莎行·郴州旅舍》是宋代词人秦观的作品。此词大约作于绍圣四年(1097年)春三月作者初抵郴州之时。词人因党争遭贬,远徙郴州(今属湖南),精神上倍感痛苦。词写客次旅舍的感慨:上阕写谪居中寂寞凄冷的环境;下阕由叙实开始,写远方友人殷勤致意、安慰。全词以委婉曲折的笔法,抒写了失意人的凄苦和哀怨的心情,流露了对现实政治的不满。

品品滋味

　　很多人应该都有这样的体会。在你悲伤时,即使天地间阳光灿烂、繁花似锦,你也觉得白云惨淡,花自飘零;而在你喜悦时,即便天地间大雨倾盆,飞雪漫天,你也觉得雨声清碎,落雪妖娆。这便是王国维先生所说的"有我之境,以我观物,故物我皆著我之色彩"。在古人的词里写有我之境者比较多,秦少游的这首《踏莎行》亦算是代表作。

少游仕途坎坷,曾遭遇接二连三的贬官,被贬去郴州的时候连官爵和俸禄都削去了。一个不断身处逆境的人即便再心胸豁达也必定会有悲苦绝望的万千之感。因而诗歌开头三句所写的被大雾吞噬的楼台,被月色隐没的渡口,还有虚无缥缈、无处寻觅的桃花源都不是作者眼前之景,而是作者内心的走投无路、踌躇彷徨。"可堪孤馆闭春寒,杜鹃声里斜阳暮",王国维先生对这两句词评价很高,认为这就是一种"有我之境"。这两句从正面描写词人屡遭贬谪,此刻正羁旅郴州驿馆,承受的是极端的失望孤独,忍受的是料峭春寒,听到的是杜鹃啼血,见到的是斜阳日暮。这两句中的景物描写充满了诗人自我的感情色彩,景语皆情语,景物中有诗人自我的形象,情景结合相当的自然。下阕的开头用了"驿寄梅花"和"鱼传尺素"的典故,以亲友们投寄的书信来衬托词人北归无望的别恨离愁。一个"砌"字相当的形象,这种别恨离愁是可以堆砌的,与日俱增的,就像在作者的心上砌了一堵墙,层层压力无从缓解,眉间心上无计消除。于是才有了词中结尾两句的迸发。"郴江幸自绕郴山,为谁流下潇湘去?"无论是否情愿,该发生的总会发生,这就是所谓的命运。就像这绕着郴山的郴江,不也是不由自主地奔向了潇湘吗。

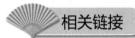 相关链接

《八六子·倚危亭》《点绛唇·桃源》

 名句推荐

郴江幸自绕郴山,为谁流下潇湘去?

71. 满庭芳①·山抹微云

（宋）秦观

　　山抹微云,天连②衰草,画角声断谯门③。暂停征棹,聊共引④离尊。多少蓬莱旧事⑤,空回首、烟霭⑥纷纷。斜阳外,寒鸦万点,流水绕孤村。

　　消⑦魂当此际,香囊暗解,罗带轻分。谩赢得青楼薄幸名存⑧。此去何时见也?襟袖上、空惹啼痕。伤情处,高城望断,灯火已黄昏。

诗词解意

　　会稽山上,云朵淡淡的像是水墨画中轻抹上去的一半;越州城外,衰草连天,无穷无际。城门楼上的号角声,时断时续。在北归的客船上,与歌妓举杯共饮,聊以话别。回首多少男女间情事,此刻已化作缕缕烟云散失而去。眼前夕阳西下,万点寒鸦点缀着天空,一弯流水围绕着孤村。

　　悲伤之际又有柔情蜜意,心神恍惚下,解开腰间的系带,取下香囊。徒然赢得青楼中薄情的名声罢了。此一去,不知何时重逢?离别的泪水沾湿了衣襟与袖口。正是伤心悲情的时候,城已不见,万家灯火已起,天色已入黄昏。

了解字词

　　① 满庭芳:词牌名。双调九十五字,前阕四平韵,后阕五平韵。② 连:一作"黏"。③ 谯门:城门。④ 引:举。尊:酒杯。⑤ 蓬莱旧事:男女爱情的往事。⑥ 烟霭(ǎi):指云雾。⑦ 消魂:形容因悲伤或快乐到极点而心神恍惚不知所以的样子。⑧ 谩(màn):徒然。薄幸:薄情。

 **介绍篇目**

《满庭芳·山抹微云》是宋代词人秦观的代表词作之一。此词虽写艳情，却能融入仕途不遇、前尘似梦的身世之感。上阕写景，引出别意，妙在"抹"与"连"两个动词表现出风景画中的精神，显出高旷与辽阔中的冷峻与衰飒，与全词凄婉的情调吻合。接着将"多少蓬莱旧事"消弥在纷纷烟霭之中，概括地表现离别双方内心的伤感与迷茫。"斜阳外"三句宕开写景，别意深蕴其中。下阕用白描直抒伤心恨事，展示自己落拓江湖不得志的感受。全词写景、抒情汇为一气，错综变化，脍炙人口。

 **品品滋味**

对于一些富有才华的人而言，世上成名的方式有很多。有人因一曲清歌唱彻千古，有人因一幅画卷名满天下，而秦少游则以这首《满庭芳》中的开头八个字，写下了宋词史上风流别致、动人心目的一笔。

秦观的很多词开头的八个字意境都非常美，如"梅英疏淡，冰澌溶泄"，如"碧水惊秋，黄云凝暮"，如"纤云弄巧，飞星传恨"，然而最富盛名的还是这句"山抹微云，天连衰草"。在《唐宋词鉴赏辞典》中，周汝昌先生对此句则是极为赞赏。何为"抹"，就是用别的颜色掩去了原来的底色。此笔写了山间之云迹，宛然一幅清新的水墨画。然而究竟是云掩住了山的深邃，还是山浸润了云的淡雅，留给人无限遐想。此句与"天连衰草"都是极目天涯的意思，或许作者更想表达出那种缥缈的前尘似梦的身世感。

"斜阳外，寒鸦万点，流水绕孤村"，此句与隋炀帝杨广《野望》诗中的"寒鸦飞数点，流水绕孤村"所写景色相似，意境却更为深远。秦观仕途坎坷，屡遭贬谪，所以他的抒怀常有一种凄婉迷茫的伤感，然而他又将这种伤感融入了眼前的景色中，看似是填词，其实是作画，其中极美的境界又是画作难以表达和描绘的。人生总是艰辛的，不如意十之八九。灯火黄昏之时，望断高城，自是伤情无限。全词意象丰富，韵律整齐，读起来如歌般情思袅袅，却又有令人凄然不欢之感。

 **相关链接**

《江城子·西城杨柳弄春柔》《满庭芳·碧水惊秋》

山抹微云,天连衰草。

阅读与欣赏

72. 一剪梅①·红藕香残玉簟秋

（宋）李清照

红藕香残玉簟秋②,轻解罗裳,独上兰舟③。云中谁寄锦书④来？雁字⑤回时,月满西楼。

花自飘零水自流,一种相思,两处闲愁。此情无计可消除,才下眉头,却上心头。

了解字词
诗词解意

荷已残,香已消,冷滑如玉的竹席,透出深深的凉秋,轻轻脱换下薄纱罗裙,独自泛一叶兰舟。仰头凝望远天,那白云舒卷处,谁会将锦书寄来？正是雁群排成"人"字,一行行南归时候,月光皎洁浸人,洒满这西边独倚的楼。

花自在地飘零,水自在地漂流,一种离别的相思,你与我,牵动起两处的闲愁。啊,无法排除的是——这相思,这离愁,刚从微蹙的眉间消失,又隐隐缠绕上了心头。

了解字词

① 一剪梅:词牌名,双调小令,六十字,有前后阕句句用叶韵者,而李清照此词上下阕各三平韵,应为其变体。每句并用平收,声情低抑。此调因李清照这首词而又名"玉簟秋"。② 玉簟(diàn)秋:意谓时至深秋,精美的竹席已嫌清冷。③ 兰舟:《述异记》卷下谓:木质坚硬而有香味的木兰树是制作舟船的好材料,诗家遂以木兰

167

舟或兰舟为舟之美称。一说"兰舟"特指睡眠的床榻。④ 锦书：对书信的一种美称。《晋书·窦滔妻苏氏传》云：苏蕙织锦为回文旋图诗，以赠其被徙流沙的丈夫窦滔。这种用锦织成的字称锦字，又称锦书。⑤ 雁字：雁群飞时，列"一"字或"人"字形，故云。

认识作者

李清照，宋代女词人。号易安居士，齐州章丘（今属山东）人。早期生活优裕，与夫赵明诚共同致力于书画金石的搜集整理。金兵入据中原，流寓南方，明诚病死，境遇孤苦。所作词，前期多写其悠闲生活，后期多悲叹身世，情调感伤，也流露出对中原的怀念。形式上善用白描手法，自辟途径，语言清丽。论词强调协律，崇尚典雅情致，提出词"别是一家"之说，反对以诗文之法作词。并能作诗，留存不多，部分篇章感时咏史，情辞慷慨，与其词风不同。有《易安居士文集》《易安词》，已散佚。后人有《漱玉词》辑本。今人有《李清照集校注》。

介绍篇目

《一剪梅·红藕香残玉簟秋》是宋代女词人李清照的作品。此词作于词人与丈夫赵明诚离别之后，寄寓着作者不忍离别的一腔深情，反映出初婚少妇沉溺于情海之中的纯洁心灵。全词格调清新，以女性特有的沉挚情感，丝毫不落俗套的表现方式，展示出一种婉约之美，称得上是一首工致精巧的别情佳作。

品品滋味

在宋词史上，能在婉约派代表人物里占有一席之地的女性词人莫过于易安了。王国维先生在其《人间词话》中对这位女性词人却只字未提。也许与其写作风格浅显直白、喜用俚语有关，也许与其性别有关，也许与其所处年代恰好在两宋之间有关，然而这都并不影响易安词在中国文学史上的地位。毕竟不是谁都能用灵动的眼眸去捕捉红藕香残、玉簟凉秋的意蕴，不是谁都能用细润的笔触去写下"才下眉头、却上心头"的相思。

本首词写于易安与其夫赵明诚远别之后。有名家评论本首词的起句有"吞梅嚼雪、不食人间烟火气象"（梁绍壬《两般秋雨庵随笔》）。词人以所见花开花落的室外之景和所触及的枕席微凉来写清秋之季。既然是清秋时节，万物开始衰落凋零，又是与爱人远别，凄凉之意显露无疑。于是"轻解罗裳，独上兰舟"，有时越是孤独越是想独处，因为只有思念的那个人才能一解自己的相思之苦。古代的交通、通信均不是很发达，对于分别的人而言真的是水远山长。由于过度的思念，词人对云中归雁也产生了臆想，盼望这飞回的大雁能够带来远方人的只字片语。虽说"人有悲欢离合，月有阴晴圆缺"，可人间更多的是明月满，人悲离。词人昼夜的相思便在这微凉的清秋之景下如淡淡的水墨在水间缭绕着蔓延开来。

下阕的第一句为起兴也是过渡。落花飘零是自然界中最凄然的景色，象征着人生的流逝、年华的老去、爱情的破碎、离别的分散。你没有办法阻止，只有无可奈何地看着它向着它发展的方向前行。正是看到了这样的情景，作者直抒情怀。相思的滋味都是一样的，并且相思一定是两个人之间的事，因而是"一种相思，两处闲愁"。然而思念到极致时没有办法不思念，没有办法停止思念，没有办法阻碍这种思念，所以无计消除，"才下眉头，却上心头"。一高一低、一起一伏的对比足以显现出这位女性词人写作的心思巧妙，细致入微。

 **相关链接**

《武陵春·风住尘香花已尽》《醉花阴·薄雾浓云愁永昼》

 **名句推荐**

此情无计可消除，才下眉头，却上心头。

 **阅读与欣赏**

73. 摸鱼儿①·雁丘词

（金）元好问

丑岁②赴试并州③，道逢捕雁者云："今旦获一雁，杀之矣。其脱网者悲鸣不能去，竟自投于地而死。"予因买得之，葬之汾水之上，垒石为识④，号曰"雁丘"⑤。同行者多为赋诗，予亦有《雁丘词》。旧所作无宫商⑥，今改定之。

问世间,情为何物,直教⑦生死相许? 天南地北双飞客⑧,老翅几回寒暑。欢乐趣,离别苦,就中⑨更有痴儿女。君应有语:渺万里层云,千山暮雪,只影向谁去⑩?

横汾路,寂寞当年箫鼓,荒烟依旧平楚⑪。招魂楚些何嗟及⑫,山鬼暗啼⑬风雨。天也妒,未信与,莺儿燕子俱黄土⑭。千秋万古,为留待骚人⑮,狂歌痛饮,来访雁丘处。

诗词解意

问尽世间,爱情究竟是什么,竟会令这两只飞雁以生死来相对待? 南飞北归遥远的路程都比翼双飞,任它多少的冬寒夏暑,依旧恩爱相依为命。比翼双飞虽然快乐,但离别才真的是楚痛难受。到此刻,方知这痴情的双雁竟比人间痴情儿女更加痴情! 相依相伴,形影不离的情侣已逝,真情的雁儿心里应该知道,此去万里,形孤影单,前程渺渺路漫漫,每年寒暑,飞万里越千山,晨风暮雪,失去一生的至爱,形单影只,即使苟且活下去又有什么意义呢?

这汾水一带,当年本是汉武帝巡幸游乐的地方,每当武帝出巡,总是箫鼓喧天,棹歌四起,何等热闹,而今却是冷烟衰草,一派萧条冷落。武帝已死,招魂也无济于事。女山神因之枉自悲啼,而死者却不会再归来了! 双雁生死相许的深情连上天也嫉妒,殉情的大雁决不会和莺儿燕子一般,死后化为一抔尘土。将会留得生前身后名,与世长存。狂歌纵酒,寻访雁丘坟故地,来祭奠这一对爱侣的亡灵。

了解字词

① 摸鱼儿:一名"摸鱼子",又名"买陂塘""迈陂塘""双蕖怨"等。唐教坊曲,后用为词牌。宋词以晁补之《琴趣外篇》所收为最早。双阕一百一十六字,前阕六仄韵,后阕七仄韵。双结倒数第三句第一字皆领格,宜用去声。② 乙丑岁:金章宗泰和五年(1205年),以天干地支纪年为乙丑年,当时元好问年仅十六岁。③ 赴试并州:《金史·选举志》载:金代选举之制,由乡至府,由府至省及殿试,凡四试。明昌元年罢免乡试。府试试期在秋八月。府试处所承安四年增太原,共为十处。④ 识(zhì):标志。⑤ 雁丘:嘉庆《大清一统志》:雁丘在阳曲县西汾水旁。金元好问赴府试……累土为丘,作《雁丘词》。⑥ 无宫商:不协音律。⑦ 直教:竟使。许:随从。⑧ 双飞客:大雁双宿双飞,秋去春来,故云。⑨ "就中"句:这雁群中更有痴迷于爱情的。⑩ "君应"四句:万里长途,层云迷漫,千山暮景,处境凄凉,形影孤单为谁奔波呢?⑪ "横汾"三句:这葬雁的汾水,当年汉武帝横渡时何等热闹,如今寂寞凄凉。汉武帝

《秋风辞》："泛楼船兮济汾河，横中流兮扬素波，箫鼓鸣兮发棹歌。"平楚，楚指丛木。远望树梢齐平，故称平楚。⑫ "招魂"二句：我欲为死雁招魂又有何用，雁魂也在风雨中啼哭。招魂楚些(suò)，《楚辞·招魂》句尾皆有"些"字。何嗟及，悲叹无济于事。山鬼，《楚辞·九歌·山鬼》篇指山神，此指雁魂。⑬ 暗啼：一作"自啼"。⑭ "天也"二句：不信殉情的雁子与普通莺燕一样都寂灭无闻变为黄土，它将声明远播，使天地忌妒。⑮ 骚人：诗人。

认识作者

元好问(1190—1257)，金末元初文学家。字裕之，号遗山，世称遗山先生。太原秀容(今山西忻州)人。金末元初最有成就的作家和历史学家，宋金对峙时期北方文学的主要代表，又是金元之际在文学上承前启后的桥梁。其诗、文、词、曲，各体皆工。诗作成就最高，"丧乱诗"尤为有名；其词为金代一朝之冠，可与两宋名家媲美；其散曲虽传世不多，但当时影响很大，有倡导之功。有《元遗山先生全集》《中州集》。

介绍篇目

《摸鱼儿·雁丘词》是金代文学家元好问的词作。这首咏物词是词人为雁殉情而死的事所感动而作的，寄托自己对殉情者的哀思。全词紧紧围绕"情"字，以雁拟人，谱写了一曲凄恻动人的恋情悲歌。在词中，作者驰骋丰富的想象，运用比喻、拟人等手法，对大雁殉情而死的故事，展开了深入细致的描绘，再加以充满悲剧气氛的环境描写的烘托，塑造了忠于爱情、生死相许的大雁的艺术形象，谱写了一曲凄婉缠绵、感人至深的爱情悲歌，是为中国古代歌颂忠贞爱情的佳词。

品品滋味

几百年前，一位词人听说了一对大雁殉情的故事，居然悲恸不已。于是买下了大雁葬于汾水之上，累起石头做了记号取名为雁丘，并写下了脍炙人口的雁丘词。

也许对于很多人而言这位位词人的名字尚且陌生，然而本首词中的开篇第一句一定在每个人心头萦绕过。若问世间情为何物，恐怕很多人都会一时语塞。往往越是情到深处，越是内心酸涩难以言说。只知道不知从何而来的勇气，可以连生死都可以看淡、无视，甚至轮回。汤显祖在《牡丹亭》里曾说："情不知所起，一往而深，生者可以死，死者可以生。"因而让作者悲恸的不是大雁生命的陨落，而是自然界的血肉之躯在情感面前所表现出的真性情。第一句的荡气回肠为接下来的雁之殉情蓄足了笔势。作者展开了丰富的联想对大雁的生活与殉情的原因进行了细致的描写。"双飞客""痴儿女"均是采用了拟人的手法，以成双成对对比之后的形单影只，以昔日双宿双栖的欢乐对比之后孤单的暮雪千山遥远的征途。孤雁折回决绝地投地而死的原因便透彻、清晰地展现出来。

　　词的下阕，作者更是借助了自然景物的描写衬托大雁殉情的凄凉。以汉武帝渡汾河祭祀汾阴的喧闹场景来衬托千年之后孤雁长眠之地的死寂，所写的景语皆情语。以一对大雁殉情的故事，造雁丘一座，写下一篇清丽淳朴、温婉蕴藉的雁丘词，这便是作者一直在倡导的真性情。

相关链接

《摸鱼儿·问莲根》

名句推荐

问世间，情为何物，直教生死相许？

阅读与欣赏

74. 蟾宫曲·春情

(元)徐再思

平生不会相思，才会相思，便害相思。
身似浮云①，心如飞絮，气若游丝。
空一缕余香②在此，盼千金游子何之③。
证候④来时，正是何时？
灯半昏时，月半明时。

诗词解意

生下来以后还不会相思，才会相思，便害了相思。

身像飘浮的云，心像纷飞的柳絮，气像一缕缕游丝，

剩下一丝余香留在此，心上人却已不知道在哪里去留？

相思病症候的到来，最猛烈的时候是什么时候？

是灯光半昏半暗时，是月亮半明半亮的时候。

了解字词

① 身似浮云：形容身体虚弱，走路晕晕乎乎，摇摇晃晃，像飘浮的云一样。② 余香：指情人留下的定情物。③ 盼千金游子何之：殷勤盼望的情侣到哪里去了。千金，喻珍贵。千金游子，远去的情人是富家子弟。何之，往哪里去了。④ 证候："证"通"症"，即症候，疾病，此处指相思的痛苦。

认识作者

元代散曲作家。字德可，号甜斋，嘉兴（今属浙江）人。与张可久、贯云石为同时代人。钟嗣成《录鬼簿》言其"好食甘饴，故号甜斋。有乐府行于世。其子善长颇能继其家声"。天一阁本《录鬼簿》还记载他做过"嘉兴路吏"，"为人聪敏秀丽"，"交游高上文章士，习经书，看鉴史"，说明他在仕途上虽仅止于地位不高的吏职，却是一位很有才名的文人。一生活动足迹似乎没有离开过江浙一带。现存小令一百零三首，主要内容集中在写景、相思、归隐、咏史等方面。后人将其散曲与贯云石（号酸斋）作品合辑为《酸甜乐府》。

介绍篇目

《蟾宫曲·春情》是元代散曲家作家徐再思的一首描写少女恋情的小令。 此篇连用叠韵，而又婉转流美，兼之妙语连珠，堪称写情神品。刻画相思的诗文历代何止万千，然贵在自创新意。能用独特的表现手法和表现形式来写出真挚情感的作品便是成功之作。这首曲子在描摹相思之情上可谓入木三分，极富个性，后人对此曲的艺术创造以及审美评价很高。

173

 **品品滋味**

何为思兮？惦念，不语，乱了心。因而心有所思，一定如病入膏肓一般，愁肠百转。倘若是人之初的第一场相思，更是病中之重，无可回避。此曲的前三句一气呵成道出了人世间初尝相思的苦楚。正是因为相思，所以"身似浮云"，飘也不是，散也不是，不知该往哪里去；正是因为相思，所以"心如飞絮"，意乱不定，神情恍惚；正是因为相思，所以"气若游丝"，心中郁结无处倾吐。三个比喻，便将这个陷入相思的少女的神情与心态形象地表现了出来。作者继而点出了少女相思的原因，原来心系一位出游在外的高贵男子，虽然自己身在此地，可是心香一缕早已随之远去。一天之中，何时相思侵袭得最为猛烈？是在夜晚。因为夜晚天色暗淡，没有照亮心灵的光芒，万物归为寂静，只能听见自己孤寂的心跳，相思便如潮水一般汹涌而来，无法遏制。

这首曲子虽然简短，却结构清晰，心思别致。虽写相思，却无矫揉造作之态，尽显率真之处，得天然之趣。

 **相关链接**

《汉宫秋第三折》

 **名句推荐**

平生不会相思，才会相思，便害相思。

75. 临江仙①·寒柳

（清）纳兰性德

飞絮飞花何处是，层冰②积雪摧残，疏疏一树五更寒。爱他明月好，憔悴③也相关④。

最是⑤繁丝⑥摇落后，转教人忆春山⑦。湔裙⑧梦断续应难。西风⑨多少恨，吹不散眉弯。

诗词解意

柳絮杨花随风飘到哪里去了呢？原来世被厚厚的冰雪摧残了。五更时分夜阑风寒，这株柳树也显得凄冷萧疏。皎洁的明月五私普照，不论柳树是繁茂还是萧疏，都一般关怀。

最是在繁茂的柳丝摇落的时候，我更免不了回忆起当年的那个女子。梦里又见当年和她幽会的情景，但是好梦易断，断梦难续。遂将愁思寄给西风，可是，再强劲的西风也吹不散我眉间紧锁的忧愁。

了解字词

① 临江仙：双调小令，唐教坊曲。《乐章集》入"仙吕调"，《张子野词》入"高平调"。② 层冰：厚厚之冰。③ 憔悴：瘦弱无力脸色难看的样子：颜色憔悴，形容枯槁。④ 关：这里是关切、关怀之意。⑤ 最是：特别是。⑥ 繁丝：指柳丝的繁茂。这两句里的"柳丝"和"春山"，都暗喻女子的眉毛。⑦ 春山：春日之山。又，春山山色如黛，故借喻女子之眉毛，或代指女子。这里指代亡妻。⑧ 湔(jiān)裙梦断：意思是涉水相会的梦断了。湔裙，溅湿了衣裙。见《淡黄柳·咏柳》，此谓亡妻已逝，即使梦里相见，可慰相思，但好梦易断，断梦难续。李商隐在《柳枝词序》中说：一男子偶遇柳枝姑娘，柳枝表示三天后将涉水湔裙来会。此词咏柳，故用此典故。⑨ 西

175

风：从西方吹来的风。

纳兰性德(1655—1685)，清代词人，与朱彝尊、陈维崧并称"清词三大家"。字容若，号楞伽山人，大学士明珠长子。出生于满州正黄旗。原名成德，因避皇太子胤礽(小名保成)之讳，改名性德。自幼天资聪颖，18岁考中举人。康熙十五年(1676年)中进士，授乾清门三等侍卫，后循迁至一等。随扈出巡南北，并曾出使梭龙(黑龙江流域)考察沙俄侵扰东北情况。诗文均很出色，尤以词作杰出，著称于世。曾把自己的词作编选成集，名为《侧帽集》，后更名为《饮水词》，后人将两部词集增遗补缺，共342首，辑为《纳兰词》)。

介绍篇目

《临江仙·寒柳》是清代词人纳兰性德创作的一首词。此词既咏经受冰雪摧残的寒柳，也咏一位遭到不幸的人。上阕写柳的形态，下阕写人的凄楚心境，借寒柳在"层冰积雪"摧残下憔悴乏力的状态写处在相思痛苦中的孤寂凄凉，匠心别具地用经受冰雪摧残的寒柳，暗咏身在皇宫皇威重压的恋人。全词句句写柳，又句句写人，物与人融为一体。委婉含蓄，自然浑脱，立意新颖，意境幽远。

品品滋味

若论起清代的词人，恐怕很多人眼中只有一位纳兰容若。谢章铤说："长短调并工者，难矣哉。国朝其惟竹垞(朱彝尊)、迦陵(陈维崧)、容若乎。"(《赌棋山庄词话》)纳兰词边塞行吟篇清怨苍凉，然而其词作里最让人醉心的还是悼亡伤逝篇，因而以情致胜。

本首词虽表面看起来是一首咏物词，咏的是寒柳，但其实是借咏柳寓悼亡之意。开头起句的设问，问飞絮、飞花在何处，为何不见踪影，原来是遭到了冰雪的摧残。看似一问一答，却是爱恨相间。疏疏一柳犹如一个黛玉般清瘦窈窕的女子，怎受得住漠漠五更的寒气，即便容颜憔悴，却有如作者这般明月般的关爱，可见此柳非柳，而是词人深爱的亡妻。接着，作者又回忆了妻子生前"湔裙"的旧事。湔裙是古代的一种风俗，农历正月的元日至月晦，士女去河边酹酒、洗衣以求避灾。"繁丝""春山"皆指其当年容颜的美好，然而却如枝繁叶茂的柳树摇落了枝叶，借指妻子的亡故，只留下梦断续应难的怅惘。生命中有很多在心中占有极其分量的人，何尝不是在某一个拐角突然就淡然消逝。你还没来得及与他一起细细品味人间清欢便追寻不到他的踪迹。因而西风所携带的丝丝离恨又怎能将紧蹙的眉头吹展。句末的意向令词人的哀恨更加绵长，含蓄悠远。

相关链接

《蝶恋花·辛苦最怜天上月》《采桑子·谁翻乐府凄凉曲》

名句推荐

西风多少恨，吹不散眉弯。

阅读与欣赏

76. 葬花吟

（清）曹雪芹

花谢花飞花满天，红消香断有谁怜？
游丝软系飘春榭①，落絮轻沾扑绣帘。
闺中女儿惜春暮②，愁绪满怀无释处。
手把花锄出绣帘，忍踏落花来复去。
柳丝榆荚自芳菲，不管桃飘与李飞；
桃李明年能再发，明年闺中知有谁？
三月香巢已垒成，梁间燕子太无情！
明年花发虽可啄，却不道人去梁空巢也倾。
一年三百六十日，风刀霜剑严相逼；
明媚鲜妍能几时，一朝漂泊难寻觅。
花开易见落难寻，阶前愁杀葬花人，

177

独倚花锄泪暗洒,洒上空枝见血痕③。
杜鹃无语正黄昏,荷锄归去掩重门;
青灯照壁人初睡,冷雨敲窗被未温。
怪奴底事倍伤神?半为怜春半恼春。
怜春忽至恼忽去,至又无言去未闻。
昨宵庭外悲歌发,知是花魂与鸟魂?
花魂鸟魂总难留,鸟自无言花自羞;
愿奴此日生双翼,随花飞到天尽头。
天尽头,何处有香丘④?
未若锦囊收艳骨,一抔⑤净土掩风流。
质本洁来还洁去,强于污淖陷渠沟。
尔今死去侬收葬,未卜侬身何日丧?
侬今葬花人笑痴,他年葬侬知是谁⑥?
试看春残花渐落,便是红颜老死时;
一朝春尽红颜老,花落人亡两不知!

诗词解意

花儿已经枯萎凋残,风儿吹得它漫天旋转。
退尽了鲜红颜色,消失了芳香,有谁对它同情哀怜?
柔软的蛛丝儿似断似连,飘荡在春天的树间。
漫天飘散的柳絮随风扑来,沾满了绣花的门帘。
闺房中的少女,面对着残春的景色多么惋惜。
满怀忧郁惆怅,没有地方寄托愁绪。
手拿着锄花的铁锄,挑开门帘走到园里。
园里花儿飘了一地,我怎忍心踏着花儿走来走去?
轻佻的柳絮、浅薄的榆钱,只知道显耀自己的芳菲。
不顾桃花飘零,也不管李花纷飞。
待到来年大地春回,桃树李树又含苞吐蕊。
可来年的闺房啊,还能剩下谁?
新春三月燕子衔来百花,散着花香的巢儿刚刚垒成。
梁间的燕子啊,糟蹋了多少鲜花多么无情!

明年百花盛开时节,你还能叼衔花草。

你怎能料到房主人早已死去,旧巢也已倾落,只有房梁空空。

一年三百六十天啊,过的是什么日子!

刀一样的寒风,利剑般的严霜,无情地摧残着花枝。

明媚的春光,艳丽的花朵,能够支撑几时。

一朝被狂风吹去,再也无处寻觅。

花开时节容易看到,一旦飘落难以找寻。

站在阶前愁思满怀,愁坏了我这葬花的人。

手里紧握着花锄,我默默地抛洒泪珠。

泪珠儿洒满了空枝,空枝上浸染着斑斑血痕。

杜鹃泣尽了血泪默默无语,愁惨的黄昏正在降临。

我扛着花锄忍痛归去,紧紧地关上重重闺门;

青冷的灯光照射着四壁,人们刚刚进入梦境。

轻寒的春雨敲打着窗棂,床上的被褥还是冷冷冰冰。

人们奇怪是什么事情,使我今天这样格外伤心?

一半是对美好春光的爱惜,一半是恼恨春天的逝去。

我高兴春天突然来临,又为它匆匆归去感到抑郁。

春天悄然无语地降临人间,又一声不响地离去。

昨晚不知院外什么地方,传来一阵阵悲凉的歌声。

不知道是花儿的灵魂,还是那鸟儿的精灵?

不管是花儿的灵魂,还是鸟儿的精灵,都一样地难以挽留。

问那鸟儿,鸟儿默默无语,问那花儿,花儿低头含羞。

我衷心地希望啊,如今能够生出一双翅膀。

尾随那飞去的花儿,飞向那天地的尽头。

纵使飞到天地的尽头,那里又有埋葬香花的魂丘?

不如用这锦绣的香袋,收敛你那娇艳的尸骨。

再堆起一堆洁净的泥土,埋葬你这绝代风流。

愿你那高贵的身体,洁净地生来,洁净地死去。

不让它沾染上一丝儿污秽,被抛弃在那肮脏的河沟。

花儿啊,你今天死去,我来把你收葬。

谁知道我这薄命的人啊,什么时候忽然命丧?

我今天把花儿埋葬,人们都笑我痴情。

等到我死去的时候,有谁把我掩埋?

不信请看那凋残的春色，花儿正在渐渐飘落。

那也就是闺中的少女，衰老死亡的时刻。

一旦春天消逝，少女也便白发如丝。

花儿凋零人死去，花儿人儿两不知！

 了解字词

① 榭(xiè)：建在高土台或水面(或临水)上的的建筑，是一种借助于周围景色而见长的园林或景区休憩建筑。② 帘中女儿惜春莫："帘中"与上句为顶针续麻格。"莫"，"暮"的古字。③ 洒上花枝见血痕：此句与两个传说有关：①娥皇、女英在湘江哭舜，泣血染竹枝成斑。所以黛玉号"潇湘妃子"。②蜀帝杜宇魂化杜鹃鸟，啼血染花枝，花即杜鹃花。所以下句接言"杜鹃"。案：周汝昌言：(花枝)谓花即泪染，非"空枝"之义。④ 香丘：是根据佛教名词"香山"新造的词，意思是香气缭绕的小山丘，比喻有一小方受佛教庇护，可以安居乐业的土地。不奢求香气缭绕的蓬莱仙境。⑤ 一抔(póu)：意思是一捧之土。典出《史记·张释之冯唐传》："假令愚民取长陵一抔土，陛下何以加其法乎？"净土：佛教专用名词，原意指完全被佛教度化的土地，净土上除了佛教之外没有任何其它外道。与"一抔"联用后成为双关语，也指只有汉文化，不被佛教文化沾染的土地。⑥ 他年葬侬知是谁：这一句中在周汇本中出现了矛盾。在《葬花吟》中打出的是"奴"，而在下一章节中宝玉感慨句写出的是"我"，而周先生在注释中特意说明用"奴""我"字样可体现小女随口吟成，改成"侬"尽显文人酸气。

认识作者

曹雪芹，清代小说家。名霑，字梦阮，号雪芹、芹圃、芹溪。祖籍河北丰润，后迁至辽宁沈阳，先世原是汉族，后为满洲正白旗包衣。自其曾祖起，三代任江宁织造，其祖曹寅尤为康熙帝所信任。后因受统治阶级内部斗争所牵连，产业被抄，迁居北京。他早年过了一段贵族家庭的繁华生活。后因家道衰落，趋于艰困。晚年居北京西郊，贫病而卒。他性格高傲，愤世嫉俗，嗜酒健谈，具有深厚的文化修养和卓越的艺术才能。他最大的贡献在于小说创作，所创作的长篇小说《红楼梦》代表了中国古典小说的最高成就，在世界文坛上享有崇高声誉。

介绍篇目

《葬花吟》是清代文学家曹雪芹的小说《红楼梦》第二十七回中女主角林黛玉所吟诵的一首古体诗。此诗通过丰富而奇特的想象、暗淡而凄清的画面、浓烈而忧伤的情调，展示了黛玉在冷酷现实摧残下的心灵世界，表达了她在生与死、爱与恨复杂的斗争过程中所产生的一种焦虑体验和迷茫情感。它是林黛玉感叹身世遭遇的全部哀音的代表，也是曹雪芹借以塑造黛玉这一艺术形象、表现其性格特性的重要作品。

品品滋味

这是《红楼梦》第二十七回中，曹雪芹以林黛玉的口吻写下的《葬花吟》。这一回中，宝玉被其父责打在怡红院内养伤，黛玉前去探望被丫鬟晴雯拒之门外，却看见宝玉袭人一众人送了宝钗出来，顿感身世之苦："如今自己父母双亡，无依无靠，现在他家依栖……""眼睛里含着眼泪，好似木雕泥塑一般，直坐到三更多天，方才睡了。"次日大观园内祭祀花神，热闹非凡。只有黛玉独自一人在偏僻处见乱红飞去，触景生情，吟出了这首《葬花吟》。

对于身世飘零的人而言，大多数人喜爱的春天无处不充满了生命轮回的萧瑟之感，因而在很多古诗词里"伤春"的作品比比皆是。然而这首诗歌的特殊性在于除了诗歌本身的艺术价值之外，还鲜活地烘托出小说人物林黛玉的性格特征，赋予了这个宛若白海棠一般一缕清魂的女子更加崭新的艺术生命力。不可否认的是小说中的林黛玉是才华横溢的，她的诗作真的有不食人间烟火的仙姝之气，在大观园一干女子中屡屡夺魁。然而这样一个才华非凡的人却是一个女子，并且由于前世的尘缘未了而造就了她飘零的身世和毕生的眼泪。今生她有着无法摆脱的命运漩涡，她的性情孤高而细腻、极端自负却有点点自卑。自然界中任何一点点飞絮落花的痕迹都能触及她那颗敏若蛛丝的心弦。因而她对于落花有着休戚相通的怜惜之情，所以感慨"红消香断有谁怜""忍踏落花来复去"。她自己的性情、理想与追求与周围的世界也格格不入，"柳絮榆荚自芳菲，不管桃飘与李飞""三月香巢初垒成，梁间燕子太无情""一年三百六十日，风刀霜剑严相逼"，周围世界争名逐利的喧闹，封建礼教对其追求理想的压迫都使她陷入无尽的孤独、苦闷和极度的伤感中。因而在这种极端压抑之下，她尝试过反抗与挣扎，并迸发一种呐喊"愿侬此日生双翼，随花飞到天尽头"，希望摆脱这令人窒息的尘俗世间，飞向理想的自由天地。可是，世间的每一个人最无法摆脱的便是命运。尽管有很多希望,有很多期盼,可是"天尽头,何处是香丘"?

在《红楼梦》中的若干诗词里,这首《葬花吟》是代表作。其主要修辞手法是借花喻人,由花及人。有人认为此诗的另一个作用是为后人提供了探索曹雪芹笔下的宝黛悲剧的重要线索。无论是诗歌本身的艺术价值,还是它依托于小说所塑造的人物形象和推动的故事情节都是非常值得去品味的。

相关链接

曹雪芹《咏白海棠》

名句推荐

花谢花飞花满天,红消香断有谁怜。

阅读与欣赏

77. 绮怀十六首(其十五)

(清)黄景仁

几回花下坐吹箫,银汉红墙①入望遥。
似此星辰②非昨夜,为谁风露③立中宵。
缠绵思④尽抽残茧,宛转心伤剥后蕉。
三五年时三五月,可怜杯酒不曾消。

诗词解意

明月相伴,花下吹箫,是曾经美好的相遇。那伊人所在的红墙虽然近在咫尺,却如天上的银汉一般遥遥而不可及。

今夜的茕茕孑立已非昨夜的深情,可是我还是傻傻地站在夜色中期盼着什么。

如蚕丝一般的思念将我重重包围,心中依然有着撕心裂肺的疼痛。

往昔相见的日子历历在目,而那时的美酒在今夜早已被酿成苦涩的酒,回味绵长。

了解字词

① 银汉红墙:李商隐《代应》:"本来银汉是红墙,隔得卢家白玉堂。"② 星辰:李商隐《无题》:"昨夜星辰昨夜风,画楼西畔桂堂东。"③ 风露:高启《芦雁图》"沙阔水寒鱼不见,满身风露立多时。"④ 思,丝。心,芯。皆双关语。李商隐《无题》:"春蚕到死丝方尽,蜡炬成灰泪始干。"

认识作者

黄景仁(1749—1783),清代诗人。字汉镛,一字仲则,号鹿菲子,阳湖(今江苏省常州市)人。四岁而孤,家境清贫,少年时即负诗名,为谋生计,曾四方奔波。一生怀才不遇,穷困潦倒,后授县丞,未及补官即在贫病交加中客死他乡,年仅35岁。诗负盛名,为"毗陵七子"之一。诗学李白,所作多抒发穷愁不遇、寂寞凄怆之情怀,也有愤世嫉俗的篇章。七言诗极有特色。亦能词。著有《两当轩全集》。

介绍篇目

清代诗人黄景仁创作的这首《绮怀》,笼罩着隐隐约约的感伤。这种感伤,被那种无法排解的甜蜜回忆和苦涩的现实纠缠着,使得诗人一步步地陷入绝望中。

品品滋味

　　对于爱情而言，可能得不到的才能算作爱情吧。正因为得不到，所以才有思念、有追忆、有感慨、有绮怀。绮，本意为有花纹的丝织品；引申义为华丽、美丽、精美。作者早年与其表妹相恋无果，因而"绮怀"是一种美丽的回忆。可是这种美丽，是"盈盈一水间，脉脉不得语"，是"昨夜星辰昨夜风，画楼西畔桂堂东"，是"伤心桥下春波绿，曾是惊鸿照影来"。也许美好的事物即便是撕破了也有一种凄婉的美。

　　诗歌首联便诉说了这种美好的遥不可及。作者以箫声传递情愫，可是所恋之人所居住的"红墙"之处却如九霄银汉那般遥远。而今虽然蔚蓝的星空依旧浩瀚如海，却已不是当年那个旖旎温情的夜晚了，只留下形单影只的作者独自徘徊于风露之中。作者一往情深却又无可奈何呆呆伫立的形象鲜活地显现了出来，因而颔联也成为了脍炙人口的名句，在清诗中也具有代表性。颈联化用了李商隐的诗句"春蚕到死丝方尽"和"芭蕉不展丁香结"，却清新、明晰，没有李诗晦涩难懂之意，非常直白地表露出作者那颗因相思到极致而几乎枯萎的心灵。诗歌的尾联写下了当时与表妹相会的日子，这是一段记忆，也是人生一段不可磨灭的过往。对于每个人而言，总有一段得不到的爱情徜徉在内心深处，待到孤独失意之时拿出来咀嚼再三，承载现实生活中遇到的萧索与寂寥。

相关链接

　　《三五七言》

名句推荐

　　似此星辰非昨夜，为谁风露宿中宵。

78. 别赋

(南朝)江淹

黯然①销魂者,唯别而已矣。况秦吴②兮绝国,复燕宋③兮千里。或春苔兮始生,乍秋风兮暂起。是以行子肠断,百感凄恻。风萧萧而异响,云漫漫而奇色。舟凝滞于水滨,车逶迟④于山侧。棹容与而讵前⑤,马寒鸣而不息。掩金觞而谁御⑥,横玉柱而沾轼⑦。居人愁卧,怳⑧若有亡。日下壁而沉彩⑨,月上轩而飞光。见红兰之受露,望青楸⑩之离霜。巡曾楹⑪而空掩,抚锦幕而虚凉。知离梦之踯躅⑫,意别魂之飞扬⑬。故别虽一绪,事乃万族⑭。

至若龙马⑮银鞍,朱轩⑯绣轴。帐饮⑰东都,送客金谷⑱。琴羽⑲张兮箫鼓陈,燕赵⑳歌兮伤美人。珠与玉兮艳暮秋,罗与绮兮娇上春㉑。惊驷马㉒之仰秣,耸㉓渊鱼之赤鳞。造㉔分手而衔涕,感寂漠㉕而伤神。

乃有剑客惭恩㉖,少年报士㉗,韩国赵厕㉘,吴宫燕市㉙。沥泣㉚共诀,抆㉛血相视。方衔感㉜于一剑,非买价㉝于泉里。金石震㉞而色变,骨肉㉟悲而心死。

或乃边郡未和,负羽㊱从军。辽水㊲无极,雁山㊳参云。闺中风暖,陌上草薰。日出天而耀景㊴,露下地而腾文㊵,镜朱尘之照烂㊶,袭青气之烟煴。攀桃李兮不忍别,送爱子㊸兮沾罗裙。

至如一赴绝国,讵㊹相见期?视乔木㊺兮故里,决北梁兮永辞㊻。左右兮魂动,亲宾兮泪滋。可班荆㊼兮赠恨,惟尊㊽酒兮叙悲。怨复怨兮远山曲,去复去兮长河湄㊾。

又若君居淄右㊿,妾家河阳51,同琼佩52之晨照,共金炉之夕香53。君结绶54兮千里,惜瑶草55之徒芳。惭幽闺之琴瑟,晦56高台之流黄。春宫57闭此青苔色,秋帐含兹明月光,夏簟58清兮昼不暮,冬釭59凝兮夜何长!织锦60曲兮泣已尽,回文诗兮影独伤。

傥61有华阴上士,服食62还山。术既妙而犹学,道已寂63而未传。守丹灶64而不顾,炼金鼎65而方坚,驾鹤上汉,骖66鸾腾天,暂游万里,少别67千年。惟世间兮重别,谢68主人兮依然。

下69有芍药之诗,佳人之歌70。桑中卫女,上宫陈娥71。春草碧色,春水渌72波,送君南浦73,伤如之何!至乃秋露如珠,秋月如珪74。明月白露,光阴往来,与子之别,思心徘徊。

是以别方^{⑦⑤}不定,别理千名^{⑦⑥},有别必怨,有怨必盈^{⑦⑦}。使人意夺神骇,心折^{⑦⑧}骨惊。虽渊^{⑦⑨}云之墨妙,严^{⑧⑩}乐之笔精,金闺^{⑧①}之诸彦,兰台^{⑧②}之群英,赋有凌云^{⑧③}之称,辩有雕龙^{⑧④}之声,谁能摹暂离之状,写永诀之情者乎?

诗词解意

最使人心神沮丧、失魂落魄的,莫过于别离啊。何况秦国吴国啊是相去极远的国家,更有燕国宋国啊相隔千里。或春苔兮始生,乍秋风兮暂起。有时春天的苔痕啊刚刚滋生,蓦然间秋风啊萧瑟初起。风萧萧发出与往常不同的声音,云漫漫而呈现出奇异的颜色。船在水边滞留着不动,车在山道旁徘徊而不前,船桨迟缓怎能向前划动,马儿凄凉地嘶鸣不息。盖住金杯吧,谁有心思喝酒,搁置琴瑟啊,泪水沾湿车前轼木。居留家中的人怀着愁思而卧,恍然若有所失。映在墙上的阳光渐渐地消失,月亮升起清辉洒满了长廊。看到红兰缀含着秋露,又见青楸蒙上了飞霜。巡行旧屋空掩起房门,抚弄锦帐枉生清冷悲凉。想必游子别离后梦中也徘徊不前,猜想别后的魂魄正飞荡飘扬。

所以离别虽给人同一种意绪,但具体情况却不相同:

至于像高头骏马配着镶银的雕鞍,漆成朱红的车驾饰有彩绘的轮轴,在东都门外,搭起篷帐饯行,送别故旧于金谷名园。琴弦发出羽声啊,箫鼓杂陈,燕赵的悲歌啊,令美人哀伤;明珠和美玉啊,艳丽于晚秋,绫罗和纨绮啊,娇媚于初春。歌声使驷马惊呆地仰头咀嚼,深渊的鱼也跃出水面聆听。等到分手之时噙着泪水,深感孤单寂寞而黯然伤神。

又有自惭未报主人恩遇的剑客,和志在报恩的少年侠士,如聂政击杀韩相侠累、豫让欲刺赵襄子于宫厕,专诸杀吴王、荆轲行刺秦王,他们舍弃慈母娇妻的温情,离开自己的邦国乡里,哭泣地与家人诀别,甚至擦拭泪血互相凝视。骑上征马就不再回头,只见路上的尘土不断扬起。这正是怀着感恩之情以一剑相报,并非为换取声价于黄泉地底。钟磬震响吓得儒夫脸色陡变,亲人悲恸得尽哀而死。

有时候边境发生了战争,挟带弓箭毅然去从军。辽河水一望无际,雁门山高耸入云。闺房里风晴日暖,野外道路上绿草芬芳。旭日升临天际灿烂光明,露珠在地上闪耀绚丽的色彩,透过红色的雾霭阳光分外绚烂,映入春天草木的雾气烟霞弥漫。手攀着桃李枝条啊,不忍诀别,为心爱的丈夫送行啊,泪水沾湿了衣裙。

至于一旦到达绝远的国度,哪里还有相见的日期。望着高大的树木啊记下这故乡旧里,在北面的桥梁上啊诀别告辞。送行的左右仆从啊魂魄牵动,亲戚宾客啊

悦读时光

古典文学卷(上册)

落泪伤心。可以铺设树枝而坐啊把怨情倾诉，只有凭借杯酒啊叙述心中的伤悲。正当秋天的大雁啊南飞之日，正是白色的霜露啊欲下之时，哀怨又惆怅啊在那远山的弯曲处，越走越远啊在那长长的河流边。

又如郎君住在淄水西面，妾家住在黄河北岸。曾佩戴琼玉一起浴沐着晨光，晚上一起坐在香烟袅袅的金炉旁。郎君结绶做官啊一去千里，可惜妾如仙山琼草徒然芬芳。惭对深闺中的琴瑟无心弹奏，重帷深掩遮暗了高阁上的流黄。春天楼宇外关闭了青翠的苔色，秋天帷帐里笼罩着洁白的月光；夏天的竹席清凉啊白日迟迟未暮，冬天的灯光昏暗啊黑夜那么漫长！为织锦中曲啊已流尽了泪水，组成回文诗啊独自顾影悲伤。

或有华山石室中修行的道士，服用丹药以求成仙。术已很高妙而仍在修炼，道已至"寂"但尚未得到真情。一心守炼丹灶不问世事，炼丹于金鼎而意志正坚。想骑着黄鹤直上霄汉，欲乘上鸾鸟飞升青天。一刹那可游行可万，天上小别人间已是千年。唯有世间啊看重别离，虽已成仙与世人告别啊仍依依不舍。

下界有男女咏"芍药"情诗，唱"佳人"恋歌。卫国桑中多情的少女，陈国上宫美貌的春娥。春草染成青翠的颜色，春水泛起碧绿的微波，送郎君送到南浦，令人如此哀愁情多！至于深秋的霜露像珍珠，秋夜的明月似玉珪，皎洁的月光珍珠般的霜露，时光逝去又复来，与您分别，使我相思徘徊。

所以尽管别离的双方并无一定，别离也有种种不同的原因，但有别离必有哀怨，有哀怨必然充塞于心，使人意志丧失神魂滞沮，心理、精神上受到巨大的创痛和震惊。虽有王褒、扬雄绝妙的辞赋，严安、徐乐精深的撰述，金马门前大批俊彦之士，兰台上许多文才杰出的人，辞赋如司马相如有"凌云之气"的美称，文章像驺奭有"雕镂龙文"的名声，然而有谁能描摹出分离时瞬间的情状，抒写出永诀时难舍难分之情呢？

了解字词

① 黯然：神情忧伤，容颜失色。销魂：失魂落魄，精神涣散。② 秦吴：古国名。秦国在今陕西一带，吴国在今江苏、浙江一带。绝国：隔绝不通的国家。③ 燕宋：古国名。燕国在今河北一带，宋国在今河南一带。④ 逶(wēi)迟：行缓慢貌。⑤ 棹(zhào)：船桨，这里指代船。容与：缓慢荡漾不前的样子。讵(jù)前：滞留不前。此处化用屈原《九章·涉江》中"船容与而不进兮，淹回水而疑滞"的句意。⑥ 掩：覆盖。觞(shāng)：酒杯。御：进用。⑦ 横：横放，意为搁置不弹。玉柱：琴瑟上的系弦之木，这里指琴。沾轼：泪落在车前横木上。⑧ 怳(huǎng)：同"恍"，恍惚。⑨ 沉

彩:日光西沉。⑩ 楸(qiū):落叶乔木。枝干端直,高达三十米,古人多植于道旁。离:即"罹",遭受。⑪ 曾楹(yíng):高高的楼房。曾,同"层"。楹,屋前的柱子,此指房屋。锦幕:锦织的帐幕。二句写行子一去,居人徘徊旧屋的感受。⑫ 踯躅(zhí zhú):徘徊不前的样子。元朝张养浩的《山坡羊·潼关怀古》中"望西都,意踯躅"。⑬ 意:同"臆",料想。飞扬:心神不安。⑭ 万族:不同的种类。⑮ 龙马:据《周礼·夏官·廋人》载,马八尺以上称"龙马"。⑯ 朱轩:指贵者所乘红色车厢。绣轴:指有锦绣帷幕的车子。⑰ 帐饮:古人设帷帐于郊外以饯行。东都:指东都门,长安城门名。《汉书·疏广传》记载疏广告老还乡时,"公卿大夫故人邑子设祖道供帐东都门,送者车数百辆,辞决而去"。⑱ 金谷:晋代石崇在洛阳西北金谷所造金谷园。史载石崇拜太仆,出为征虏将军,送者倾都,曾帐饮于金谷园。⑲ 羽:五音之一,声最细切,宜于表现悲戚之情。琴羽,指琴中弹奏出羽声。张:调弦。⑳ 燕赵:《古诗》有"燕赵多佳人,美者颜如玉"句。后因以美人多出燕赵。㉑ 上春:即初春。㉒ 驷马:古时四匹马拉的车驾称驷,马称驷马。仰秣(mò):抬起头吃草。语出《淮南子·说山训》:"伯牙鼓琴,驷马仰秣。"原形容琴声美妙动听,此处反其意。㉓ 竽:因惊动而跃起。鳞:指渊中之鱼。语出《韩诗外传》:"昔伯牙鼓琴而渊鱼出听。"㉔ 造:临,到。衔涕:含泪。㉕ 寂漠:即"寂寞"。㉖ 惭恩:受恩未报,感到羞愧。㉗ 报士:替人报仇之士。㉘ 韩国:指战国时侠士聂政为韩国严仲子报仇,刺杀韩相侠累一事。赵厕:指战国初期,豫让因自己的主人智氏为赵襄子所灭,乃变姓名为刑人,入宫涂厕,挟匕首欲刺死赵襄子一事。㉙ 吴宫:指春秋时专诸置匕首于鱼腹,在宴席间为吴国公子光刺杀吴王一事。燕市:指荆轲与朋友高渐离等饮于燕国街市,因感燕太子恩遇,藏匕首于地图中,至秦献图刺秦王未成,被杀。高渐离为了替荆轲报仇,又一次入秦谋杀秦王事。㉚ 沥泣:洒泪哭泣。㉛ 抆(wěn):擦拭。抆血,指眼泪流尽后又继续流血。㉜ 衔感:怀恩感遇。衔,怀。㉝ 买价:买取声价。泉里:黄泉下,指赴死地。㉞ 金石震:钟、磬等乐器齐鸣。原本出自《燕丹太子》:"荆轲与武阳入秦,秦王陛戟而见燕使,鼓钟并发,群臣皆呼万岁,武阳大恐,面如死灰色。"㉟ "骨肉"句:语出《史记·刺客列传》,聂政刺杀韩相侠累后,剖腹毁容自杀,以免牵连他人。韩国当政者将他暴尸于市,悬赏千金。他的姐姐聂嫈说:"妾其奈何畏殁身之诛,终灭贤弟之名!"于是宣扬弟弟的义举,伏尸而哭,最后在尸身旁边自杀。骨肉,指死者亲人。㊱ 负羽:挟带弓箭。㊲ 辽水:辽河。在今辽宁省西部,流经营口入海。㊳ 雁山:雁门山。在今山西原平县西北。㊴ 耀景:光辉照耀。景:日光。㊵ 腾文:指露水在阳光下反射出绚烂的色彩。㊶ 镜:映照。朱尘:尘土。照烂:明亮。㊷ 袭:笼罩。青气:春天草木上腾起的烟霭。烟煴:迷漫貌。㊸ 爱子:爱人,指征夫。㊹ 讵(jù):岂有。㊺ 乔木:古以乔木为故乡标志。王充《论衡·

佚文》："睹乔木，知旧都。"㊻ "决北"句：语出《楚辞·九怀》。㊼ 班：铺设。荆：树枝条。据《左传·襄公二十六年》记载，楚国伍举与声子相善。伍举将奔晋国，在郑国郊外遇到声子，"班荆相与食，而言复故。"后来人们就以"班荆道故"来比喻亲旧惜别的悲痛。㊽ 尊：同"樽"，酒器。㊾ 湄：水边。㊿ 淄右：淄水西面。在今山东境内。(51) 河阳：黄河北岸。(52) 琼佩：琼玉之类的佩饰。(53) 二句回忆昔日朝夕共处的爱情生活。(54) 绶：系官印的丝带。结绶，指出仕做官。(55) 瑶草：仙山中的芳草。这里比喻闺中少妇。徒芳：比喻虚度青春。(56) 晦：使帐帷减色变灰暗。流黄：黄色丝绢，这里指黄绢做成的帷幕。这一句指为免伤情，不敢卷起帷幕远望。(57) 春宫：指闺房。(58) 簟(diàn)：竹席。(59) 釭(gāng)：灯。以上四句写居人春、夏、秋、冬四季相思之苦。(60) "织锦"二句：据武则天《璇玑图序》载："前秦苻坚时，窦滔镇襄阳，携宠姬赵阳台之任，断妻苏蕙音问。蕙因织锦为回文，五彩相宣，纵横八寸，题诗二百余首，计八百余言，纵横反复，皆成章句，名曰《璇玑图》以寄滔。"一说窦韬身处沙漠，妻子苏蕙就织锦为回文诗寄赠给他(《晋书·列女传》)。以上写游宦别离和闺中思妇的恋念。(61) 傥(tǎng)：同"倘"，倘使。华阴：即华山，在今陕西渭南县南。上士：得道之士。(62) 服食：道家以为服食丹药可以长生不老。还山：即成仙。一作"还仙"。(63) 寂：进入微妙之境。传：至，最高境界。(64) 丹灶：炼丹炉。不顾：指不顾问尘俗之事。(65) 炼金鼎：在金鼎里炼丹。(66) 骖(cān)：三匹马驾车称"骖"。鸾：古代神话传说中凤凰一类的鸟。(67) 少别：小别。(68) 谢：告辞，告别。以上写学道炼丹者的离别。(69) 下：下土。与"上士"相对。芍药之诗：语出《诗经·郑风·溱洧》："维士与女，伊其相谑，赠以芍药。"(70) 佳人之歌：指李延年的歌"北方有佳人，绝世而独立。"(71) 桑中：卫国地名。上宫：陈国地名。卫女、陈娥：均指恋爱中的少女。《诗经·鄘风·桑中》："云谁之思？美孟姜矣。期我乎桑中，要我乎上宫。"(72) 渌(lù)波：清澈的水波。(73) 南浦：《楚辞·九歌·河伯》："子交手兮东行，送美人兮南浦。"后以"南浦"泛指送别之地。(74) 珪(guī)：一种洁白晶莹的圆形美玉。(75) 别方：别离的地方去向。(76) 名：种类。(77) 盈：充盈。(78) 折、惊：均言创痛之深。(79) 渊：即王褒，字子渊。云：即扬雄，字子云。二人都是汉代著名的辞赋家。(80) 严：严安。乐：徐乐。二人为汉代著名文学家。(81) 金闺：原指汉代长安金马门。后来为汉代官署名。是聚集才识之士以备汉武帝诏询的地方。彦：有学识才干的人。(82) 兰台：汉代朝廷中藏书和讨论学术的地方。(83) 凌云：据《史记·司马相如列传》载，司马相如作《大人赋》，汉武帝赞誉为"飘飘有凌云之气，似游天地之间。"(84) 雕龙：据《史记·孟子荀卿列传》载，驺奭写文章，善于闳辩。所以齐人称颂为"雕龙奭"。

《别赋》是南朝文学家江淹创作的一篇抒情小赋。此赋以浓郁的抒情笔调，以环境烘托、情绪渲染、心理刻画等艺术方法，通过对戍人、富豪、侠客、游宦、道士、情人别离的描写，生动具体地反映出齐梁时代社会动乱的侧影。赋的开头，用"黯然销魂者，唯别而已矣"一句总写，以精警之句，发人深省，接着写各种类型的离别，表现出"别虽一绪，事乃万族"，既写出分离之苦的共性，也写出了不同类型分别的个性特点，最后总结出"别方不定，别理千名，有别必怨，有怨必盈"。指出分别的痛苦"使人意夺神骇，心折骨惊"。指出任何大手笔也难写离别之深情，言尽而亦不尽。全赋用骈偶的句式，绘声绘色，语言清丽，声情婉谐，千百年来，脍炙人口。

认识作者

江淹（444—505），字文通，济阳考城（今河南兰考县）人。早年仕途不得意，而在文学创作上获得很大成功。萧道成废宋建齐，他历任中书侍郎、尚书右丞、国子博士、御史中丞等职。萧衍执政后，他迁金紫光禄大夫，封醴陵伯。其诗意趣深远，善于刻画模拟；其赋遣词精工，尤以《别赋》《恨赋》脍炙人口。江淹一生经历宋、齐、梁三朝，优秀作品多作于早先仕途坎坷之时，后来仕途得意，便无佳作，世称"江郎才尽"。今有《江文通集》传世。

品品滋味

说起江淹很多人会立刻与"江郎才尽"这个词联系在一起，可是江郎还未才尽的时候却是一直学习着前人写作的艺术经验，汲取着不同的风格（见《杂体诗三十首序》）。因而江淹对于诗赋语言艺术技巧的造诣很高，《恨赋》如此，《别赋》亦然。

《别赋》是一篇骈赋，通篇以四六句形式的骈对句为主，这种类型的赋流行于南朝的齐、梁时代。然而这篇赋不同于我们常见的抒写离情的诗歌，它的写法是铺陈离别其事其情的咏物赋，兼有描写、抒情和议论。作者没有把自己置身于一个伤感的境地，而是站在一个客观的角度描摹了人世间不可避免的种种离别现象，抒写了不同类型的离别，如"游子离家""壮士赴死""侠客报恩""兵士从军""游宦绝国""道士飞仙""思妇空闺"。情感原本就是没有形状，细腻若游丝，而离别对于古代人而言更是水远山长、云渺渺水茫茫，所以离别之情有着难以倾吐的绝望与酸楚，因而将之依托在不同的人物身份、不同的情境中,借环境描写与气氛渲染刻画人物内心感受,借世间之景语抒写离别之忧思不能不说是本文的别致之处。

"春草碧色,春水渌波,送君南浦,伤如之何!"离别的悲伤,就在这样清丽的文字间弥漫开来。

相关链接

《恨赋》

名句推荐

春草碧色,春水渌波,送君南浦,伤如之何!